[日] 太宰治 著　林少华 译

斜阳

斜陽

青岛出版集团　｜　青岛出版社

图书在版编目（CIP）数据

斜阳 /（日）太宰治著；林少华译 . — 青岛：青岛出版社，2017.6
ISBN 978-7-5552-5612-0

Ⅰ.①斜… Ⅱ.①太…②林… Ⅲ.①中篇小说－日本－现代 Ⅳ.① I313.45

中国版本图书馆 CIP 数据核字（2017）第 141188 号

	XIEYANG（QINGNIAO WENKU）
书　　名	斜阳（青鸟文库）
著　　者	［日］太宰治
译　　者	林少华
出版发行	青岛出版社
社　　址	青岛市崂山区海尔路 182 号（266061）
本社网址	http://www.qdpub.com
邮购电话	0532-68068091
策　　划	杨成舜
责任编辑	霍芳芳
封面设计	毛　增
照　　排	青岛双星华信印刷有限公司
印　　刷	青岛双星华信印刷有限公司
出版日期	2018 年 1 月第 1 版　2023 年 4 月第 6 次印刷
开　　本	32 开（710mm×1000mm）
印　　张	6.25
字　　数	90 千
印　　数	22001—27000
书　　号	ISBN 978-7-5552-5612-0
定　　价	20.00 元

编校印装质量、盗版监督服务电话：4006532017　0532-68068050

本书建议陈列类别：日本 / 文学 / 畅销

太宰治:"无赖"中的真诚(译序)

倘以三驾马车打比方,日本近代文学的三驾马车应是夏目漱石、森鸥外和芥川龙之介;日本现代文学的三驾马车则非此三人莫属:川端康成、三岛由纪夫和太宰治。令人沉思的是,六人中有四人死于自杀。尤其后"三驾马车",居然集体跌入自尽深渊。太宰治于一九四八年投水自尽,年仅三十九岁;三岛由纪夫于一九七〇年剖腹自绝,正值四十五岁盛年;川端康成于一九七三年含煤气管自杀,时年七十四岁。其中太宰治从二十岁开始自杀,接连自杀五次。虽说爱与死是文学永恒的主题,但就世界范围来说,多数作家都程度不同地将作品中的爱与死同个人生活中的爱与死剥离开来。而像太宰治这样使得二者难分彼此的,无疑少而又少。在这个意义上,要想真正理解太宰治的作品,就要首先了解太宰治其人，就要进入其个人世界，尽管那是个大多时候雾霾弥天、充满凄风苦雨的世界。

太宰治，本名津岛修治。一九〇九年（明治四十二年），太宰治作为第六个男孩儿出生于青森县一个有名的大地主家庭。父亲源右卫门是当地的名士和高额纳税者，曾任贵族院议员、众议院议员。母亲体弱多病，太宰治由乳母带大。豪宅深院，家中男女佣人多达三十人，出入有带家徽的马车。不过由于当时日本实行长子继承制，他作为第六子在家里并不受重视。这使他在怀有贵族意识的同时逐渐萌生了边缘人意识和逆反心理。高中时代开始接触马克思主义，因此对自己的地主出身即剥削阶级出身产生自卑、内疚和负罪感。一九二九年服安眠药自杀未遂。翌年进入东京大学法文系，一边用家里充裕的汇款游玩享受，一边用来资助处于非法状态的日本共产党，进而参加共产主义政治运动。脱离运动后同萍水相逢的酒吧女招待投海自杀。女方溺水身亡，自己侥幸获救。其后开始同艺伎小山初代同居，但精神一蹶不振。一九三五年参加《都新闻》报社录用考试而被淘汰,自缢未果。翌年因药物中毒而住院治疗。原先信赖的长辈和朋友们视他为狂人,纷纷弃他而去。加之入院期间小山初代与人通奸,致使太宰治对人生与社会彻底绝望,深感自己已丧失做人的资格("人间失格"),和初代同时自杀未遂。

这样的人生经历相继带入他日后创作的《斜阳》和《人的失格》这两部堪称日本文学经典的中篇之中,尤以后者明显。写完《人的失格》不出一个月,太宰留下未竟之作《再见》(Goodbye)手稿和数通遗书,同恋慕他的山崎富荣双双跳入河中。此即第五次即最后一次自杀。日本战后"无赖派"最具代表性的天才作家就此落下人生帷幕,时为一九四八年六月十三日深夜时分,尚未步入不惑之年。虽云《再见》,而不复见矣!

《斜阳》写于作者离世前一年的一九四七年上半年。贵族出身的母亲同女儿和子原本在东京一座足够阔气的公馆里生活。战败后由于经济上难以为继，遂迁住远离东京的伊豆一栋小别墅，母女相依为命，静静度日。不久被征召入伍的弟弟直治从南洋回来，宁静的生活被打乱。直治不是在家酗酒，就是拿着变卖母亲姐姐衣服的钱去东京找一位叫上原二郎的流行作家花天酒地。和子某日在家翻阅直治写的《胡芦花日志》，得知弟弟颓废而痛苦生活的真相。母亲病逝后，和子赴京同上原相见，失望之余，被迫与之发生肉体关系。几乎与此同时，直治在伊豆家中自杀。和子决心不受任何旧道德束缚，生下上原的孩子。

日本文学评论界一般认为四个主人公身上都有太宰治本人的标记。酗酒吸毒的弟弟直治叠印出中学、大学时代即早年的作者面影；决心为"恋爱与革命"而一往情深甚至孤注一掷的姐姐和子凸显战争期间作者苦闷的精神世界；流行作家上原二郎可以说是战后作者生态的翻版；而母亲身上则隐约寄托着作者的贵族情怀和审美理想，也是作品中唯一穿过凄风苦雨的一缕温馨的夕晖，亦即"斜阳"的象征或化身。翻译当中，几次驻笔沉思：如果风暴不是来得太猛而在世界某个角落保留这样几位懂得与冬日天空相谐调的围巾色调、懂得合欢花有别于夹竹桃的独特风情和怜惜弱小生命、懂得小仲马的《茶花女》和并不反对女儿读列宁的优雅的贵族妇女，那又有什么不好呢？何必人人脚上都非沾牛屎不可呢？结果，当我们自己脚上也不再沾牛屎而回头寻找优雅的今天，优雅不见了。太宰治或许当时就已意识到了这点——尽管弟弟直治一直想逃离贵族阶级而力图成为民众的一员，而写给姐姐的遗书中最后一句却是"我是贵族"。在这个意义上，《斜阳》无疑是一个没落阶级、一种过往文化、一段已逝岁月久久低回的挽歌。自不待言，挽歌旋律中也满含着对日本战后并未因战败而有任何改变的人的自私自利、蝇营狗苟和因循守旧的悲愤与绝望之情。而这点恰恰引起了人们广泛的共鸣。作品因之风行一时，"斜阳族"成了人所共知的流行语，开"××族"表达方式之先河。

作品结构跌宕起伏而又一气流注，纵横交错而又浑融无间。笔调或温婉细腻和风细雨，或昂扬激烈浊浪排空，不愧为大家手笔。在日本有太宰文学之集大成之誉，并非溢美之词。甚至有人——例如小田切秀雄——誉之为青春文学。同时感叹"现在的青春文学在哪里？莫非是村上春树、村上龙？"（《日本文学之百年》，东京新闻出版局1993年版，P.221）。

前面已经提及，《人的失格》是太宰治死前不到一个月才写完的中篇，发表已是其身后的事了，乃太宰文学的终到站。较之《斜阳》，《人的失格》中融入的作者个人生活色彩显然浓重得多。主人公叶藏出生于日本东北地区一个大地主家庭。父亲是国会议员。叶藏从小就喜欢以搞笑或逢场作戏的方式取悦于人。赴京上高中后由于受"恶友"堀木的影响，开始吸烟酗酒和嫖妓，同时参加左翼组织的秘密聚会等活动。退出后不久同一个酒吧女招待一起跳海自杀，仅自己获救，被学校勒令退学。老家因此不再汇款。没有生活来源的叶藏沦为女记者静子和酒吧老板娘的情夫，同时靠画低俗的漫画赚取酒钱。后来同处女芳子结婚，过了一段短暂的正常生活。而芳子被一个小商人诱奸事件使他受到极大的精神伤害。喝安眠药自杀未遂后开始咯血，并为戒酒注射吗啡。毒瘾很快一发不可收拾，被送进精神病院。出院后返回乡下生活，彻底成了废人——失去做人的资格，人的失格！

如果说《斜阳》是太宰文学之"集大成"，那么《人的失格》则是太宰文学的"总决算"。虽说有相当多的部分同作者本人经历相重合，但夸张和虚构成分亦不在少数。因此，这部中篇既是自传体小说又不是自传体小说——就作者生活历程或阅历来说，不是严格意义上的自传体小说；而就其心路历程或个人精神史而言，则是不折不扣的自传体小说，完全可以视为太宰自虐而扭曲的精神自画像、灵魂自白书。小说以赤裸裸的自供状手法，将主人公对于人、对于人世的疏离感、孤独感、恐惧感以至绝望感毫不掩饰地剖析出来，同时将作者对爱与真诚、对友情与信任、对自由与幸福的诉求推向极限，展示了边缘人和生活在自闭世界之人血淋淋的真实的灵魂切片。在这点上,或如日本著名文艺评论家奥野健男所说,比之陀思妥耶夫斯基的《卡拉马佐夫兄弟》《恶魔》的纵横捭阖固然遥不可及,但其深度应在《死屋手记》之上。并且断言:"这部作品是天生有某种性格之人,具有懦弱、美好、悲哀和纯粹的灵魂之人的代言者,是他们的救赎。太宰治是为创作这部《人的失格》而来到人世的文学家。他将由于这部小说而永远活在人们的心里。"(参阅新潮文库版《人的失格》解说)。在我看来,《人的失格》也好,《斜阳》也罢,至少其中有一个闪光点:真诚,颓废中的真诚!

不过平心而论,《人的失格》的主人公生活毕竟太颓废了。说起来,这部小说是去年暑期在乡下译完初稿的。纵然炎炎夏日,也觉得寒气袭人。不得不时而放下自来水笔,出门遥望白云蓝天,漫步田园花草,以便让自己"回来"。也是多少出于这种感受,一次我半开玩笑地对学生说:日本文学不宜多看,越看人越小,越内敛,缩进壳里钻不出来;俄法文学则越看人越大,越外向,令人拍案而起奋然出阵。

对了，前面提及小田切秀雄在评论太宰治时提到村上春树。记忆中村上春树也提到过太宰治。村上在《为了年轻读者的短篇小说指南》一书的前言中谈及日本小说时写道："所谓自然主义小说或者'私小说'我是读不来的。太宰治读不来，三岛由纪夫也读不来。身体无论如何也进入不了那样的小说，感觉上好比脚插进号码不合适的鞋。"的确，村上和太宰治的"脚"或"鞋"的号码是很有区别的。最根本的区别在于：如果说村上文学意在顺应社会和自我疗伤、自我抚慰、自我提升，那么太宰治则意在反叛社会和自我批判、自我告发、自我堕落。或者换个说法，前者倾向于自尊自爱以至自恋，后者倾向于自暴自弃以至自虐。但相同点也并非没有。如二者作品的主题同样涉及疏离于社会主流的边缘人巨大的孤独感甚至自闭心理，同样表明了对战争的厌恶和对战前军国主义体制的批评（太宰治在《人的失格》中借直治之口说"日本的战争，纯属找死"。）而且，无独有偶，两人都提到鲁迅。太宰治以鲁迅仙台留学经历为基础写了长篇小说《惜别》。村上则在美国普林斯顿大学为日本文学专业研究生上课时提及鲁迅的《阿Q正传》："在结构上，鲁迅的《阿Q正传》通过精确描写和作者本人截然不同的阿Q这一人物形象，使得鲁迅本身的痛苦和悲哀浮现出来。这种双重性赋予作品以深刻的底蕴。"并且认为鲁迅的阿Q具有"'一刀见血'的活生生的现实性"。

还有一点相同的，那就是两人作品中，死、自杀都屡见不鲜。人间诸事，生死为大。所以这里姑且偏离主旨谈几句日本人的生死观。日本传统的生死观主要源于武士道。而武士道赖以形成的渊源，除了日本本土固有的神道教，还有来自海外的佛教和儒教。佛教的禅宗哲理赋予其"生死一如"的达观，儒教为其注入厚重强烈的道德感，而奉王阳明学说为宗的日本新儒学则赋以"知行合一"的自信和果敢。其最有代表性的表述出现在被奉为武士道经典的《叶隐闻书》："所谓武士道，就是看透死亡。

于是在两难之际,要当机立断,首先选择死。"或者莫如说,名誉高于生死。但同时强调,不惜为之一死的名誉必须是真正的名誉。日本思想家、教育家新渡户稻造在其名著《武士道》中这样写道:"真正的名誉是执行天之所命,如此而招致死亡,也决非不名誉。反之,为了回避天之所授而死去则完全是卑怯的!在托马斯·布朗爵士的奇书《医学宗教》中,有一段与我国武士道所反复教导的完全一致的话。且引述一下:'蔑视死是勇敢的行为,然而在生比死更可怕的情况下,敢于活下去才是真正的勇敢。'"

至于太宰治的选择死亡属于哪一种,这里不予置评。但这句话值得任何人记住:在生比死更可怕的情况下,敢于活下去才是真正的勇敢。

最后请允许我就翻译本身啰嗦两句。《斜阳》和《人的失格》已有若干中译本印行。尤其《人的失格》,中译本据说已不止十种。作为我,一来并非太宰治研究者,二来平日关注不多,故无意涉足太宰译事。此次率尔启笔,实为出版社的"威逼"或诚意所致,对方一再煞有介事地强调所谓林译本如何必不可缺。勉强译毕,又不揣浅薄拉拉杂杂写了这篇绝不算短的译序。林译也好林序也罢,唯愿都不至于让读者朋友过于失望才好。

林少华
二〇一五年三月十七日于窥海斋
时青岛玉兰初绽春雨如烟

一

　　清晨。母亲在饭厅里轻轻啜了一勺汤，发出轻微的叫声：

　　"啊！"

　　"头发？"

　　我以为汤里进了什么不好的东西。

　　"不是的。"

　　母亲一副若无其事的样子，再次轻快地把一勺汤送入口中。随即一本正经地转过脸，把视线投向厨房窗外盛开的樱花。就那样侧着脸，又一次轻快地让一勺汤滑进娇小的嘴唇之间。轻快这一形容，用在母亲身上绝不夸张，那同妇女杂志上介绍的用餐方式之类截然有别。一次，弟弟直治一边喝酒一边对作为姐姐的我这样说过：

　　"不能说有爵位就是贵族。就算没有爵位，拥有天爵那样像样的贵族也是有的。还有像我们这样的——爵位倒是有，却和贱民差不了多少，根本算不得贵族。至于岩岛（直治举出一个伯爵同学的姓氏）那种家伙，简直比新宿烟花柳巷的皮条客还要分文不值！近来参加柳井（他举出一位子爵次子的姓名，也是弟弟的同学）的兄长的婚礼，那个混账居然穿了一件什么无尾晚礼服，何苦穿哪家子无尾晚礼服呢！那也罢了，起身致谢辞时还满口之乎者也，真是匪夷所思，令人作呕。阴阳怪气，虚张声势，和优雅风马牛不相及！本乡①一带常有'高等学生公寓'招牌，而实际上大部分华族②都和高等乞丐彼此彼此。真正的贵族根本不像岩岛那么装腔作势！我们这一族嘛，正宗的贵族也只母亲一位了，是吧？那才叫正宗，比不得的！"

拿喝汤的方式来说，我们都是稍微伏在盘子上，横拿汤匙舀起，就那么横着送到嘴边。可是母

---

① 本乡：东京大学等大学所在地段的地名。
② 华族：日本 1869 年（明治 2 年）宪法规定的仅次于皇族的贵族阶层。爵位分公、侯、伯、子、男五等。1947 年废止。

亲把左手指轻轻放在桌子边缘,也不弯上半身,头好端端扬着,看也不好好看盘子就横拿汤匙迅速一舀,随即同口部成直角举起——轻盈潇洒得简直想用飞燕来形容——让汤从汤匙尖端流入唇间。漫不经心左顾右盼之间,就像鸟翼一般轻快无比地处理汤匙。喝得一滴不漏。而且全然没有喝的声音和汤匙的声音。那或许不符合所谓正规礼仪,但在我眼里显得十分可爱,觉得那才正宗。事实上那种使汤汁流入口中的喝法也好喝得不可思议。不过,我因为是直治所说的高等乞丐,没办法像母亲那样轻松自如地使用汤匙。出于无奈,只好把头伏在盘子上,按照所谓正规礼仪闷头喝个不止。

不止喝汤,母亲所有餐饮方式都同礼仪有相当大的距离。肉一上来,她就刀叉齐举,两下三下就全都切成小块。而后扔开刀,右手拿叉,一小块一小块叉起,慢悠悠乐滋滋放入口中。还有,吃带骨鸡肉的时候,我们很难做到在不让盘子出动静的情况下让肉骨分离。而母亲满不在乎地一下子用指尖抓起见骨头的地方,不以为然地用嘴把骨头和肉撕开。动作那般野蛮,而由母亲做来,可爱且不说,甚至显得罗曼蒂克——真正的贵族就是不同!不光吃带骨鸡肉,即使午饭吃香肠火腿什么的,有时也用指尖轻轻抓起。

"紫菜饭团为什么好吃,可知道?那是因为,是用人的手指攥出来的呀!"母亲还这样说过。

的确,有时我也心想大概手抓好吃。却又担心像我这样的高等乞丐,若是弄巧成拙,那可彻头彻尾成了乞丐图了,只好忍着。

就连弟弟直治也说比不上妈妈。我也深切觉得模仿母亲很困难,困难得近乎绝望。一次在西片町①我家的后院——那是个月光皎洁的初秋夜晚——我和母亲两人在池边凉亭赏月,笑着说狐狸新娘和老鼠新娘的嫁妆有什么不同。这时间里,母亲忽然站起,走进凉亭旁边胡枝子深处。继而从胡枝子白花丛中探出更加白得鲜明的脸庞,微微笑道:

---

① 西片町:东京文京区地名,过去多有艺术家、文人居住。

"和子，妈妈刚才做什么去了，猜猜看！"

"折花去了。"

听我一说，母亲低声笑了起来：

"撒尿！"

我吃了一惊：根本就没蹲下嘛！可那有一种我这样的人横竖模仿不来的由衷可爱之感。

倒是跟今天早上喝汤的事离得远了：最近我看一本书，得知路易王朝时期的贵妇人们在宫中庭院和走廊角落等地方随意小便。那种率性实在好玩得很。我想我的母亲怕是那种真正贵妇人的最后一位了。

言归正传。由于今早啜一口汤低低发出一声"啊"，我就问"头发？"。母亲回答不是。

"怕是咸了。"

今早的汤，是把近来用美国配给的豌豆罐头里的豌豆过滤出来做的浓汤。我原本就对做饭没信心，即使母亲回答"不是"，我也还是提心吊胆。

"做得不错！"

母亲认真地这么说罢，喝完汤，手抓紫菜包的饭团吃了起来。

从小我就不觉得早餐好吃,不到十点肚子不饿。所以当时汤倒是好歹喝完,但懒得吃饭。饭团放在盘子里,把筷子戳上去,戳得乱七八糟。然后挟起一小块,仿照母亲喝汤时的汤匙,让筷子同嘴巴呈直角,活像小鸟啄食一样捅入口中。如此磨磨蹭蹭时间里,母亲已经全部吃完,悄然起身,背靠晨光辉映的墙壁,默默看我吃饭。看了一会儿,说道:

"和子,那不行啊,早餐要吃得有滋有味才成!"

"您呢?有滋有味?"

"那还用说,我又不是病人!"

"和子我也不是病人嘛!"

"不成,不成。"母亲凄然笑着摇头。

五年前,我因为肺病躺倒,那病是一种老爷病。而母亲最近的病,那才是真正让人担忧的可怜的病。可母亲总是为我操心。

"啊。"我应道。

"什么?"这回轮到母亲发问了。

两人对视,觉得有什么完全心照不宣。我呵呵一笑,母亲也好看地一笑。

每当有不堪忍受的耻辱感袭来,我总是幽幽发出这奇妙的叫声。六年前离婚时的事此刻蓦然浮上眼前,历历如昨。这让我心里难受,不由得"啊"一声。而母亲不至于有我这样耻辱的过去。不,或者也有什么不成?

"母亲刚才也肯定想起什么了吧?想起的是什么?"

"忘了。"

"关于我的?"

"不。"

"直治的事?"

"嗯。"旋即歪起头,"或许。"

弟弟直治读大学期间被征召入伍,去了南洋①岛上,从此音讯全无,直到战争结束也下落不明。母亲虽然口说已经死心了再也不想直治了。但我一

---

① 南洋:日语作"南方",这里指战前东南亚各国和南洋群岛。

次也没有死什么心，一门心思认为肯定能见到。

"本以为已经死心了，但喝好喝的汤的时候，总是想起直治，心里受不了。对他再好一些就好了！"

从上高中时开始，直治就格外迷上了文学，开始过差不多像是不良少年的生活，不知给母亲添了多少麻烦。尽管如此，母亲还是每喝一口汤就"啊"一声想起直治。我往嘴里扒着饭，眼角一阵发热。

"不要紧的，直治不要紧。直治那样的坏小子，绝不会死。死的人全都是乖顺、漂亮、温柔的。直治么，棍子打都打不死的。"

母亲笑着拿我开心：

"那么说，你倒可能是早死那伙的。"

"哎哟，为什么？我这样的大脑门坏蛋，活到八十岁都没问题！"

"是吗？那么，母亲我保准活到九十岁喽！"

"那是。"

说罢，我有些费解。坏蛋长寿，长得漂亮的早死。母亲很漂亮，但我希望母亲长寿。这点让我相当困惑。

"捉弄人啊!"

说罢,下唇不住地颤抖,泪水从眼睛里涌了出来。

是不是该讲一下蛇。四五天前的下午,附近孩子们在院墙竹丛中发现十来枚蛇蛋。

"蝮蛇蛋!"孩子们一口咬定。

想到如果竹丛中生出十条蛇来,自己就很难随便下到院子了,就说:

"烧掉吧!"

孩子们高兴得连蹦带跳地跟在我后面。

在竹丛旁边堆起树叶和木柴点燃,把蛇蛋一个个投入火中。蛋怎么烧也烧不着。孩子又把树叶和小树枝扔在火上,加大火势。但蛇蛋还是烧不着。

坡下一个农家女孩从墙外笑着问:

"干什么呢?"

"烧蛇蛋。孵出蛇来,太吓人啦!"

"大小有多大?"

"鹌鹑蛋那么大，雪白雪白的。"

"那是普通蛇蛋，不是蝮蛇蛋吧。生蛋是怎么都烧不着的。"

女孩似乎十分好笑地笑着离开了。

烧火烧了三十多分钟，但蛇蛋横竖不起火。于是孩子们从火中拾起蛇蛋埋在梅树下，我归拢小石子做了墓标。

"过来，大家拜一拜！"

我蹲下合拢双手。孩子们乖乖蹲在我身后，做出合掌的样子。和孩子们分开后，我一个人慢慢爬上石阶。石阶上面的紫藤架下站着母亲。

"你这人，做了一件狠心事啊！"母亲说。

"以为是蝮蛇，原来是普通蛇。不过，已经好好埋了，不要紧。"

话是这么说，可心里还是觉得被母亲看见不好。

母亲绝不是迷信的人，但十年前父亲在西片町家中去世以后，怕蛇怕得不得了。父亲临终时，母亲看见父亲枕边落有一条黑色的细绳，漫不经心地正要拾起，竟是蛇。蛇吐噜噜跑了，跑去走廊，再往下就不知去了哪里。看见的只有母亲和和田舅舅两人，两人对视一下。为了不惊动父亲临终所在的客厅①，都忍着没有作声。所以，尽管我们也在场，但蛇的事一无所知。

不过，父亲去世那天傍晚，院子池边所有树上都爬上了蛇的场景，我也实际目睹了。我已是二十九岁的半老太婆了，十年前父亲去世时我也已十九岁，早已不是孩子了。所以，即使十年过去，当时的记忆现在也一清二楚，不可能错。我去院子池边剪花上供，在池边杜鹃花那里停住脚步，蓦然看去，杜鹃树枝头缠着一条小蛇。我有些吃惊。接下去，正要折棣棠花枝时发现那条枝上也缠着蛇。旁边的桂花树、小枫树、金雀花树、紫藤萝、樱花树，不管哪里的树上、每一棵树上都有蛇缠着。可我没感到多么害怕。只觉得蛇也大概和我同样，为父亲的去世而伤心，爬出洞来参拜父亲之灵。我把

---

① 客厅：日语作"座敷"，特指铺有榻榻米的客厅、起居间。

院子蛇的事悄悄告诉母亲。母亲也很镇定,略微歪起脖子,似乎在思索什么,但什么也没说。

不过,两起蛇事件自那以来使得母亲极度讨厌蛇则是事实。或者说较之讨厌蛇,好像更对蛇怀有尊崇、惧怕即敬畏之情。

烧蛇蛋的事被母亲发现了,母亲肯定感到一种极不吉利的东西。想到这点,我也陡然觉得烧蛇蛋是非常可怕的事。说不定这将给母亲带来不好的报应。我为此担忧得不行,日复一日耿耿于怀。而今早却又在饭厅里顺口说出长相漂亮的人早死这种不着边际的胡话。说罢怎么也无法圆场,以致哭了出来。收拾早餐碗筷时间里,自己胸口总好像爬进一条缩短母亲寿命的可怕的小蛇,厌恶得不得了。

这么着,那天我在院子里看见了蛇。那天风和日丽,我忙完厨房里的活计,把藤椅搬到院里的草坪,想在那里用毛线织东西。刚搬藤椅下到院子,就看见院石细竹丛那里有蛇。啊,讨厌!但这只是一闪之念,再没多想,搬着藤椅折回上到檐廊。把藤椅放在檐廊里,坐在上面织东西。到了下午,想从位于院子一角的佛堂深处藏书中取出洛朗桑①画集。刚下到院子,就看见一条蛇在草坪上慢慢爬行。和早上的蛇一样,细细长长,模样优雅。我猜想是母蛇。它静静爬过草坪,爬到蔷薇背阴处的时候,停住扬起脖子,晃动火焰般的细舌,一副东张西望的样子。过了一会儿,垂下脖子,无精打采地盘在一起。那时我也只是把它看作一条美丽的蛇,而少顷去佛堂取出画集回来往刚才有蛇的地方悄然一看,蛇已不见了。

傍晚,我和母亲在中式房间一边喝茶一边目视院子。只见石阶第三阶那里,早上那条蛇又慢慢闪了出来。

母亲见了,说道:

"那条蛇是……?"

说罢朝我这边跑来,抓着我的手呆立不动。母亲那么一说,我也心中一惊,一句话脱口而出:

---

① 洛朗桑:玛丽·洛朗桑(Marie Laurencin, 1885—1956),法国女画家,擅长以优雅柔和的色调表现幻想性少女形象。代表作有《母子》《深宫后院》等。

"蛇蛋的母亲?"

"是、是的!"母亲的语声沙哑起来。

我们手拉着手,屏息敛气,默默注视那条蛇。在石头上懒洋洋盘成一团的蛇,东摇西晃似的蠕动起来。随即有气无力地穿过石阶,往燕子花那边爬去。

"一大早就在院子爬来爬去来着。"我小声告诉母亲。

母亲叹了口气,瘫痪似的坐在椅子上。

"是吧?是在找它生的蛋呢,怪可怜的。"母亲以忧郁的声音说。

我无奈地呵呵笑了。

夕晖照在母亲脸上,母亲的眼睛看上去闪着蓝光。那约略含怒的脸庞,美得让人恨不得扑上去。啊,我觉得母亲的面容,和刚才那条美丽的蛇有相似之处。不知、不知为什么,我感觉自己的胸间盘踞的蝮蛇般丑陋的蛇,有可能迟早把深为伤心的那般美丽的母蛇一口咬死。

我把手搭在母亲柔软纤弱的肩上,浑身无端地挣扎着。

我们放弃东京西片町的家,搬来伊豆这座略带中国风格的山庄,是在日本无条件投降那年的十二月初。父亲去世后,我们家的经济,全由母亲的弟弟即母亲现在唯一的亲人和田舅舅关照。但战后世道变了,和田舅舅已经不行了,告诉母亲除了卖房子别无他法,最好把女佣们也全部打发走,母女两人在乡下哪里买座整洁漂亮的小房子随心过日子。事关钱财,母亲比小孩子还糊涂,听舅舅那么一劝,就说那就拜托了。

十一月末,舅舅来了快信。信上说骏豆铁路沿线河田子爵的别墅要卖。房子地处高地,视野开阔,旱地也有一百坪[①],那一带是赏梅风景区,冬暖夏凉,住进去肯定称心如意。有必要同对方直接见面商谈。所以明天请来银座我的事务所一趟。

"母亲您去吗?"我问。

---

① 坪:日本土地面积单位,每坪约合3.3平方米。

"毕竟托人家了嘛!"母亲笑道,笑得异常凄寂。

第二天,母亲请原来的司机松山君同行,偏午时分出门,晚上八点左右由松山君送了回来。

"决定了。"

母亲走进和子的房间,拄着和子的矮桌,瘫倒似的坐了下来,这么说了一句。

"决定了,决定什么?"

"全部。"

"可是……"我一惊,"房子什么样,看也没看就……"

母亲把一支臂肘拄在桌面上,手轻轻抚摸额头,低声叹了口气说:

"你和田舅舅说是好地方嘛!我就觉得即使这么闭着眼睛搬过去,好像也可以的。"

说罢抬起脸,现出一丝微笑。笑脸略略憔悴,憔悴而美丽。

"那是吧。"

我也被母亲对和田舅舅的信赖心情之美所打动,附和说道。

"那么说,你也闭目合眼啊!"

两人出声地笑了。笑罢,寂寞得不行。

从那天开始,每天都有搬运工来,开始打包搬家。和田舅舅来了,把该卖的东西一一安排卖了。我和女佣阿君两人又是整理衣物,又是把破烂东西在院子前面烧掉,感觉很忙。可母亲一点儿也不帮忙,也不吩咐什么,总好像天天在自己房间磨磨蹭蹭。

"怎么?不想去伊豆了?"我一咬牙,问得有些不客气。

"不不。"母亲只是以茫然的神色应道。

过了十多天,收拾妥当。傍晚时分,正当我和君子两人在院前烧废纸和稻草时,母亲也从房间出来了,站在檐廊里默然看着火。仿佛灰色的寒冷的西风吹来,烟低低地在地面盘旋。蓦然抬头,看见母亲的脸色不好——从来没有那么不好——我吃惊地叫道:

"妈妈!脸色不好啊!"

母亲淡淡一笑:

"没什么的。"

说完又进自己房间去了。

那天夜里,由于被褥也都收拾好了,君子睡二楼西式客厅沙发,母亲和我在母亲房间扯着从邻居借来的一套被褥,两人睡在一起。

哦?母亲以令人惊讶的又老又弱的语声说出意外的话来:

"因为有和子、因为有你和子,所以我才去伊豆啊!因为有你和子……"

我心里一震,不禁问道:

"假如没有我和子?"

母亲突然哭了:

"那还是死了好。母亲想在你父亲去世的这房子里死掉算了!"

断断续续地说罢,母亲哭得更厉害了。

在我面前,母亲从没说过这么不争气的话,也从没这么剧烈地哭过。即使在父亲去世时、在我出嫁时、在我肚里怀着孩子回到母亲身边时、在婴儿在医院未出生就死掉时、在我病倒起不来时、在直治行为不端时，母亲也绝对没表现出这么脆弱的态度。父亲去世后十年时间里，母亲仍是从容、优雅的母亲，和父亲在世时毫无二致。我们也是在娇生惯养中无忧无虑长大的。可是母亲已经没钱了。钱都为我们、为我和直治毫不吝惜地花掉了。结果，不得不离开这多年居住的家，而在伊豆一座小山庄开始母女相依为命的生活。如果母亲有心机，精打细算地对待我们，并且想方设法让属于自己的钱增多——如果母亲是这样的人，那么，哪怕世道再变，也不至于产生这种想一死了之的心情。啊，没有钱这件事，是何等可怕、凄惨、无可救药的地狱啊！有生以来我这才恍惚大悟，心里十分难过，苦不堪言，以致想哭也哭不出来。所谓人生的严肃，大概说的就是此时此刻的感觉吧。感觉上自己全然动弹不得，就那样仰面躺着，犹如石头一动不动。

第二天，母亲脸色还是不好，更加磨磨蹭蹭，似想尽量在这家里多待一会儿。但和田舅舅来了，说东西也几乎全都运走了，让她今天动身。于是母亲老大不情愿地穿上风衣，向说告别话的阿君和出来进去的人们默默点头致意。然后同舅舅、加上我，三人离开西片町的家。

火车比较空，三人都有座。火车上，舅舅兴高采烈地哼起了小曲。但母亲脸色不好，低着头，一副不胜寒冷的样子。在三岛转乘骏豆铁路，在伊豆长冈下车，又坐公共汽车坐了十五分钟。下车后爬上缓坡道向山里走去。那里有座小村落，村头有一座中国风格的不无考究的山庄。

"母亲，地方比想的好啊！"我喘着粗气说。

"是啊。"母亲也站在山庄门口，一瞬间闪出欣喜的眼神。

"不说别的，空气好，空气清新。"舅舅得意地说。

"确实。"母亲微微一笑，"香，空气好香！"

这么着，三人都笑了。

进门厅一看，东京发来的行李已经到了，从门厅到房间堆得满满的。

"还有，客厅外面的景致好。"

舅舅兴致勃勃，把我们拉到客厅坐下。

时值午后三点左右，冬天的阳光温情脉脉地落在院子的草坪上。从草坪下完石阶那里有一泓池水，有许多梅树。院子下面铺展着橘林。还有一条村道。再往前是水田。再一直往前有松树林。松树林的前面可以看见海。这么坐在客厅看去，水平线的高度刚好碰到我胸部的尖端。

"好柔和的景色啊！"母亲有气无力地说。

"可能是空气的关系，阳光跟东京完全不同。光线下来好像被一层丝绸过滤了似的。"我兴奋地说。

房间十叠①的一间、六叠的一间。另有中式客厅。门厅有三叠大小。洗澡房也带一个三叠小房间。此外有饭厅和厨房。二楼有一间带大床的客用西式房间。房间虽然只这么多，但我们两人，不，即使直治回来，三人住也不会局促，我想。

舅舅去这座小村落唯一的小旅馆商量吃饭的

---

① 叠：榻榻米数词，十叠即铺十张榻榻米（日式草垫，面积小于一张小单人床）的房间。

事。盒式套餐很快送来,就在客厅里摆好,喝着威士忌讲述和这座山庄以前的主人河田子爵在中国游玩时出的洋相,讲得眉飞色舞。母亲只稍稍动了一下筷子。不久,淡淡的暮色上来的时候,小声说:

"让我就这么睡一会儿吧!"

我从行李中取出被褥,让她躺下。我总有些放心不下,就从行李中找出体温计。一量体温,三十九度。

舅舅看样子也很吃惊,反正先到坡下村里找医生去了。

"妈妈!"

叫她也不应,只是迷迷糊糊昏睡。

我握着母亲的小手,低声啜泣。母亲好可怜好可怜,不,我们两人好可怜好可怜,怎么哭也哭不够。边哭边想就这样跟母亲一起死掉算了。我们什么都不需要了。我们的人生在离开西片町家时就已终止。

大约过了两个小时,舅舅领村里的医生赶来

了。村医年龄好像相当大,身穿仙台平①裤裙,脚上是白色布袜。

"说不定会变成肺炎。不过,就算变成肺炎,也不必担心。"

诊察完了,医生这样模棱两可地说道。然后打一针回去了。

到了第二天,母亲的烧也没退。和田舅舅递给两千元②,说万一必须住院什么的,往东京打电报。他姑且当天返回东京。

我从行李中取出最低限度的炊具,做了粥劝母亲喝。母亲躺着喝了三小勺,接着摇了下头。

近午时分,坡下村里的医生又来了。这回没穿裤裙,但白布袜仍穿着。

"还是住院……"

听我一说,他表示:

"不,没那个必要吧。今天打一针药力更强些

---

① 仙台平:男用裤裙上等布料。据传是十七世纪仙台藩主从京都西阵请来工匠织成的,故名。
② 两千元:日元(圆),下同。

的，烧应该会退的。"

回答仍然模棱两可。随即打一针所谓药力强些的，回去了。

不过，也许药力强些的药奏了奇效，当天偏午，母亲满脸通红，汗出得厉害。换睡衣的时候，母亲笑道：

"可能是名医啊！"

烧退到三十七度。我高兴地跑去村里唯一的小旅馆，求老板娘匀出十多个鸡蛋，马上煮得半熟拿给母亲。母亲吃了三个半熟鸡蛋，又差不多喝了半碗粥。

转天村里的名医又穿着白布袜出现了，我就昨天的强效注射表示感谢。他以一副仿佛说奏效理所当然的神情深深点了下头，仔仔细细察看一遍，转向我说：

"大太太完全没病。所以，往下无论吃什么做什么，都不碍事。"

由于他的说法还是怪怪的，我好歹忍住没有笑出。

把医生送到门口，折回客厅一看，母亲已经在榻榻米上坐了起来。

"的确是名医。我已经没病了。"母亲显得喜气洋洋，不无陶醉地自言自语。

"妈妈，打开纸拉门好么？下雪了！"

雪片如花瓣般的大雪沸沸扬扬下了起来。我打开纸拉门，和母亲并坐着，透过玻璃看伊豆的雪。

"已经没病了。"母亲再次自言自语似的说，"这么坐着，觉得以前的事都好像做梦一样。说实话，搬家的时候，来伊豆我怎么都不愿意、无论如何也不愿意。就想待在西片町家里，哪怕多待半天也好。上火车的时候，感觉像半死了似的。刚到这里时多少有些开心，可天一暗下来就想东京。胸口就好像烧焦了，意识变得不清醒起来。不是一般病，是神明一度让我死去，又把我变成和昨天以前的我不同的我，让我再活过来。"

那以来到现在，只母女两人的山庄生活，还算一直平安无事。村里的人对我们也都很好。搬来这里是去年十二月，接下来一月、二月、三月，直到四月的今天，除了准备饭菜，我们基本在檐廊里针东西，或者在中式房间里看书、喝茶，几乎过着完全与世隔绝的生活。二月梅花开，整个村落被梅花埋了起来。进入三月也大多是风平浪静的安稳天气，盛开的梅花势头丝毫不减，开到三月末还如霞似锦。无论清晨中午，还是傍晚和夜间，梅花都美得让人屏息敛气。打开檐廊的玻璃门，什么时候都有花香倏然涌来房间。临近三月末，每天黄昏时分，肯定有风吹来。我在傍晚的饭厅里刚一摆上碟碗，梅花的花瓣便从窗口飘来，落在碗里湿了。到了四月，我和母亲一边在檐廊用毛线针东西一边交谈，话题大多是种地计划。母亲也说想帮忙。啊，这么写来，就好像如母亲一次说过的那样，我们死过一回而变成另一个我们活了过来。但是归根结底，人恐怕是不能像耶稣那样复活的吧？母亲固然那样说了，可还是每喝一口汤汁，就想起直治"啊"一声。而且，我过去的伤痕实际上一点儿也没愈合。

啊——，我想毫不遮掩地一吐为快。有时我甚至暗暗以为这山庄的安稳，统统不过是虚伪的假象罢了。就算这是我们母女从神明那里获得的短暂休息时间,平和之中也已经有某种不吉利的阴影悄悄临近——我总有这样的感觉。母亲尽管装出幸福的样子,但日见衰老。而我胸间进了蝮蛇,不惜以牺牲母亲为代价胖了起来,自己一再控制也还是发胖。啊——,但愿这仅仅是季节的关系。这段时间,我怎么也忍受不了这样的生活。做出烧蛇蛋那种粗鄙的事来,也肯定是我这焦躁心情的一并外现。而这愈发加深了母亲的悲伤,让她愈发衰弱。

恋情——写到这里,再也写不下去了。

二

蛇蛋事发生后过了十天,不吉利的事接连不断,使得母亲的悲伤更加深重,更加稀释了她的生命。

我引起了火灾。

我引起火灾——从小至今,做梦也没想到我一生中会发生那般可怕的事情。

对于用火不小心就会发生火灾这种极为理所当然的事,我也居然觉察不到——莫非我是那种所谓"千金小姐"不成?

半夜起来去卫生间,走到门厅屏风旁边时,洗澡房那边明晃晃的。无意中一看,洗澡房玻璃门红彤彤的,发出"哔哔剥剥"的声响。小跑过去打开洗澡房的小矮门光脚跑到门外,只见洗澡房灶旁的柴火堆正熊熊燃烧。

我扑到院子相连的坡下一家农户，使劲敲门叫道：

"中井先生，快起来，起火了！"

中井已经躺下了，但应道：

"好，马上去！"

我说求你了求求你了。我说的时间里，他已一身睡衣从家中飞奔而出。

两人跑到火堆旁边，用水桶打池里的水泼上去。这当口，客厅走廊那边传来母亲"啊——"一声叫。我扔开水桶，抱起栽倒的母亲，扶到睡铺让她躺下，再次奔回火场。这回舀出浴缸的水递给中井，中井往柴堆上泼去。但火势正猛，根本无济于事。

"起火了！起火了！别墅起火了！"

坡下传来这样的喊声。转眼之间，四五个村民捣开围墙跳了进来。随即，用水桶打出围墙下面的生活用水，接力式传递，两三分钟就扑灭了。差一点儿就烧到洗澡房的房顶了。

我舒了口气。当即察觉出起火的原因，猛然一惊。这时我才意识到,原来这场"火骚动",是我傍晚将烧洗澡水烧剩的木柴从灶门拽出而自以为熄灭了放在柴堆引起的。正当我为此欲哭无泪地呆立不动的时候,听得前面西山家的媳妇在院墙外高声说洗澡房要整个烧掉的,不小心灶火!

藤田村长、二宫巡警、大内警防团①长等人来了,藤田村长面带平时亲切的笑容问:

"吓一跳吧?怎么回事呢?"

"是我不好,把以为熄掉的柴火……"

说到这里,觉得实在太窝囊了,眼泪夺眶而出,低头不语。当时心想说不定被带去警察署治罪了。光着脚,一身睡衣,惊慌失措——这样子让我陡然羞愧起来,深切觉出穷困潦倒的滋味。

"明白了。母亲呢?"藤田村长以体恤的语气静静说道。

"在客厅躺着呢,吓坏了……"

"不过还好……"年轻的二宫巡警也安慰似

---

① 警防团:日本政府1939年为防备空袭设立的团体,1947年废止。

的说。

这时间里,坡下农家的中井先生换好衣服重新赶来,气喘吁吁地为我的疏忽过失辩护说:

"没什么,只是烧柴起了点儿火。小火灾也算不上的。"

"是吗?那就清楚了。"

藤田村长点了两三下头。然后同二宫巡警小声商量什么。

"那好,我们回去了。向你母亲问好!"说着,同大内警防团长和其他几位一起回去了。

仅二宫巡警一个人留下。他来到离我很近的地方,以低得几乎只有呼吸的语声说:

"那么,今晚的事决定不报案了。"

二宫巡警回走后,坡下农家的中井先生用听起来十分担心的紧张的语声问:

"二宫怎么说的?"

"说不报案了。"我回答。

院墙那边还有邻居们,看样子也听见我的答话了。一边说道是吗那就好那就好,一边陆续撤回了。

中井先生说一声休息吧,回去了。往下只我一人怅怅站在过火的柴堆旁边,眼泪汪汪仰望天空。天空似乎黎明了。

我在洗澡房洗了手脚和脸。我有些怕见母亲,就在洗澡房的三叠房间梳理头发,磨蹭好一阵子。然后走去厨房,没事找事地收拾厨房餐具,直到完全天亮。

天亮后,蹑手蹑脚走到客厅那边一看,母亲已经穿戴整齐,坐在中式房间的椅子上,一副疲惫不堪的样子。看见我,倒是莞尔一笑,但脸庞苍白得让人吃惊。

我没笑,一声不响地站在母亲椅子后面。

过了一会儿,母亲说:

"算不得什么事,柴火就是用来烧火的嘛!"

我一下子畅快起来,呵呵笑了。"说话时机好,有如银盘镶金果"——我想起圣经中的箴言,感谢上天让我拥有这般温柔的母亲,感谢上天给我以这样的幸福。昨夜的事是昨夜的事,再不闷闷不乐了。这么想着,我隔着玻璃门眺望晨光下的伊豆海面,久久站在母亲身后。最后,母亲沉静的呼吸同我的呼吸完全合在一起了。

简单吃罢早饭,我当即收拾烧过的柴堆,村中仅此一家的旅馆老板娘阿笑从院子柴门中小步跑来,边跑边问:

"怎么了?怎么了?我刚听说。昨晚到底怎么了?"眼里闪着泪花。

"对不起。"我小声道歉。

"谈不上对不起。小姐,警察那边怎么样?"

"说可以了。"

"那就好!"老板娘露出由衷庆幸的神情。

我问阿笑该以怎样的形式向大家表示感谢和道歉。阿笑说还是给钱好。并且讲了应拿钱道歉的人家。

"不过,要是您不愿意一个人转来转去,我陪你一起去。"

"还是我一个人去好吧?"

"一个人能去?那当然一个人去好。"

"一个人去。"

接着，阿笑帮我收拾了一会儿烧过的地方。

收拾完毕，我从母亲手里接过钱，把百元钞一张张分别包在美浓纸①里，上面写了致歉字样。

最先去了村公所。藤田村长不在。就把纸封递给负责接待的女孩：

"昨晚对不起了。以后一定注意，请多原谅。请问候村长。"

其次去警防团长大内先生家。大内先生出到门厅，看看我，默默现出伤感的微笑。不知为什么，我忽然想哭。

"昨晚添麻烦了！"

勉强说完，赶紧告别。路上一味落泪，脸不成了，就中途折回家来。在洗脸间洗脸，重新化妆。正在门口穿鞋准备再次出门时，母亲出来问：

"还去哪儿？"

"呃，才开始。"我头也没抬地回答。

---

① 美浓纸：岐阜县南部（过去为美浓藩国）出产的纸，较厚，结实，一般用作拉窗纸和封皮纸。

"够辛苦的啊！"母亲关切地说。

由于从母亲的体贴中获得了力量，这回我得以一次不哭地转完所有人家。

去区长家时，区长不在家，儿媳妇出来接待。看见我，反而眼泪汪汪的。另外，在巡警那里，二宫巡警连说幸好幸好——全都是好心人。最后转到左邻右舍，大家都表示同情，好言安慰。只有前院的西山家的媳妇——其实也是四十光景的阿姨了——劈头盖脸训了我一顿：

"往后可得当心！是皇族还是什么我不知道，可我以前看你们像过家家似的过日子，看得我提心吊胆。就像两个小孩过日子似的，一直没弄出火灾简直有些不可思议。往下可得好好注意。跟你说，昨晚要是风大，整个村子都得烧光！"

西山家媳妇就是在院墙外高声说不小心灶火洗澡房要整个烧掉的那个人——尽管坡下农户家的中井先生跑到村长和二宫巡警跟前袒护说小火灾也算不上——但我从西山媳妇的抱怨中感觉出了事情的严重性。完全不错。我一丝一毫也不怨恨她。母亲倒是开玩笑安慰说柴火就是用来烧火的。可问题是，假如当时风大，整个村落真可能烧光。那一来，我就是以死道歉也挽回不了。而我死了，母亲料也活不下去了，也有辱去世父亲的名声。虽说如今谈不上什么皇族华族了，但既然没落了，就要体面地没落下去。若是弄出火灾而道歉死了，那种凄惨的死法，是死不瞑目的。总之非好好注意不可。

　　从第二天开始，我全心全意干农活。下面农户中井家的二女儿时常帮忙。弄出火灾那场狼狈相过后，我觉得身上的血好像多少变红变黑了。此前我胸间盘踞一条坏蝮蛇，这回连血色都有些变了。这样，我感觉自己越来越成了野生乡下姑娘。和母亲在檐廊织东西让我觉得憋闷难受，反倒是去田里挖土让我痛快。

　　该说是体力劳动吧？对于我，这种体力活现在不是初次。战争期间我被征用过，甚至做过打夯女工。现在下田穿的胶底袜就是那时军队发的。胶底袜这东西当时是生来第一次穿，但穿起来感觉舒服得吃惊。穿着在院子行走，那种禽兽赤足在地面走动的轻快感自己竟也感同身受，兴奋得胸口阵阵作痛。战争期间愉快的记忆只此一桩。想来，战争那玩意儿真是无聊。

去年什么也没发生。
前年什么也没发生。
大前年什么也没发生。

这般有趣的诗，战败不久在一家报纸上刊登出来。的确，如今回想起来，尽管觉得好像发生了各种各样的事，却又觉得好像什么也没发生。关于战争的追忆，懒得说也懒得听。人确实死了很多，那也陈腐无聊。不过，或许仍是我自以为是的关系，唯独被征用后穿着胶底鞋打夯时的事不觉得多么陈腐。倒是相当不是滋味，可另一方面，自己的身体由于打夯变得壮壮实实。甚至至今我仍有时心想若实在生活再无出路，打夯也能活下去。

战局几近绝望那阵子，身穿仿佛军装的男子来到西片町的家，递给我一纸征用通知书和写有劳动日程的表格。看日程表，我必须从第二天开始每隔一天进一次大山。于是泪水不由得从我的眼睛中涌了出来。

"找人替不可以的么？"

我泪流不止，变成了啜泣。

"既然军方对你来了征用通知，那么必定本人才行。"男子斩钉截铁。

我决定前往。

翌日是个雨天。我们在立川山脚整齐列队。首先是军官训话。

"战争必胜！"如此劈头一句。"战争固然必胜，但是，如果大家不按军方命令工作，那么必然给战斗造成影响，出现冲绳那样的结果①。希望务必完成交给的工作。另外，这山里边也可能有间谍混进来，要相互注意。从此往后，大家也和军队同样进入阵地工作，阵地的情况绝对不可外传。这点要充

---

① 冲绳那样的结果：1945年4月美军进攻冲绳，6月下旬彻底击败守岛日军。日军及岛民义勇兵死亡11万人，包括"姬百合"部队在内的岛民十几万人丧生。

分注意。"

山中细雨濛濛。男女混杂近五百人的队员站在雨中淋着恭听这番训话。队员中也掺有国民学校①的男女学生,全都冻得哭丧着脸。雨水透过我的雨衣渗到外衣。不久,皮肤也几乎湿了。

那天一整天都用网篮挑土,回家电车中眼泪流个不停。接下的一次是拉绳打夯,这个活儿最让我感兴趣。

第二次第三次进山的时间里,国民学校的男生开始贼眉鼠眼一个劲儿往我身上看。一天,我正用网篮挑土,两三个男生同我擦肩而过。其中一个说:

"那家伙、是间谍?"

听得我心里一惊。

"为什么说那种话呢?"我问跟我并排挑篮走的年轻姑娘。

"因为像是外国人。"年轻姑娘认真地回答。

---

① 国民学校:1941年日本政府颁布《国民学校令》,将原来的普通小学改制为初等科6年和高等科2年。1947年,初等科变为新制小学,高等科变为新制初中。

"你也认为我是间谍?"

"哪里!"这回略微笑道。

"我、是日本人呀!"

说着,我自己都觉得自己的话傻乎乎无聊透顶,独自哧哧笑了起来。

一个天气晴好的日子,这天从早上我就和男人们一起运木头。这当中,值班监督的年轻军官绷起脸指着我说:

"喂,你!你过来一下。"

说罢,快步朝松树林那边走去。我又是担忧又是害怕,胸口怦怦跳着跟在后头。树林深处堆着刚才从木材厂运来的木板。军官走到那跟前站定,一下子朝我转过身,露出白牙笑道:

"每天是够受的吧?今天就请看这木材好了。"

"站在这里?"

"这里凉快,安静,在这木板上睡个午觉什么的好了。要是无聊,这个或可看看……"

说着,从上衣口袋中掏出一本小开本书,难为情似的扔在木板上:

"这种东西也读读看！"

书上写着《三驾马车》[①]。

我拿起小开本书：

"谢谢！我家也有喜欢书的，现在倒是去了南洋……"

我这么一说，对方大概误解了：

"啊，是吗，是你丈夫吧？南洋，可不得了！"他摇了下头关切地说。"反正今天在这里看木材。你的盒饭，过会儿我拿给你。慢慢休息吧！"

说罢，急匆匆赶了回去。

我坐在木堆上看小开本书。看到一半的时候，那位军官嗵嗵带着脚步声走来，说：

"盒饭拿来了。一个人怕是够寂寞的吧？"

他把盒饭放在草地上，再次急匆匆返回。

吃完盒饭，这回我爬上木堆，躺倒看书。全部看完了，开始晕乎乎睡午觉。

[①]《三架马车》：トロイカ。这里可能指俄国作家尼格莱·特雷肖夫（1867—1959）的《在三架马车上》。特雷肖夫以描写西伯利亚移民和矿工的悲惨生活闻名。

醒来已是下午三点多了。蓦然，我觉得好像以前在哪里见过那个年轻军官。想了想，想不起来。我从木堆下来，正按头发的时候，再次嗵嗵响起皮鞋声。

"哎呀，今天辛苦了。可以回去了。"

我跑到军官跟前，递过小开本书。本想道谢，却说不出来，抬头默默看着军官。四目相对时，我眼睛里扑簌簌落下泪来。结果，军官眼中也一晃儿闪出泪花。

就那样默默分别了。仅此一次，军官再未出现在我们干活的地方。我只那天轻松了一天，接下去还是每隔一天就在立川山里做苦工。母亲总是担心我的身体，但我反而壮实起来。如今成了对打夯活儿也暗暗怀有自信、对田里的劳作也并不觉得多么难受的女子。

我口说懒得讲也懒得听战争的事，却不知不觉地讲了自己这番"宝贵经历"。不过，在我关于战争的追忆中，多少想讲的，也就这么一点点。其余都像那首诗所写的：

去年什么也没发生。
前年什么也没发生。
大前年什么也没发生。

这差不多也是我想说的。莫名其妙留在我身边的,只有这双胶底袜。一场梦幻。

从这胶底袜扯远了,意外扯出这么多闲话。不过,每天脚穿这双不妨称为战争唯一纪念品的胶底袜下田干活,固然可以冲淡心底潜伏的烦躁不安,但母亲近来看上去一天天明显衰弱下去。

蛇蛋。

火灾。

从那时开始,母亲好像眼看着变得病歪歪的。相反,自己好像逐渐成了粗野的人。不知为什么,有一种感觉总是挥之不去,觉得自己是在无情地吸取母亲身上的生机肥胖下去。

就说火灾那次吧,母亲虽然开玩笑说柴火就是用来烧火的,但那以后绝口不提火灾,反倒安慰起我来。然而，母亲内心受到的冲击，肯定比我大十倍不止。那场火灾过后，母亲夜里不时呻吟。还有，刮大风的夜晚，她做出去卫生间的样子，深更半夜好几次爬起来在屋子里转来转去。而且脸色总不大好。有的日子看上去甚至走路都勉为其难。说要帮我做农活，我劝她算了。但有一次还是用大水桶从井里提五六桶水提到田里。第二天说肩又酸又痛，几乎喘不过气，整整一天躺着不动。这样的事发生后，看样子到底放弃农活了。即便偶尔到田里来，也只是一动不动地看我干活。

"都说喜欢夏花的人死在夏天，可是真的？"

母亲今天也在静静看我干田地的活，看的当中忽然说出这样的话来。我默默给茄子浇水。噢，那么说来，已是初夏了。

"我喜欢合欢树的花，可这里的院子一棵也没有。"母亲再次沉静地说。

"不是有很多夹竹桃吗？"我故意冷冷地说。

"那个我不喜欢。夏天的花，一般都喜欢，可那个太癫狂了。"

"我么，喜欢玫瑰。可是那花四季都开。那么，喜欢玫瑰的人就要春天死、夏天死、秋天死、冬天死，要死四次不成？"

两人笑了。

"不歇一会儿？"母亲仍然笑着说，"今天有点事儿要跟你商量。"

"什么事？死的事可就免了！"

我跟在母亲身后，在紫藤架下的凳子上并排坐下。紫藤花已经开过了，午后柔和的阳光透过叶片落在我们的膝头，把膝头染成绿色。

"早就想让你听一听来着，可我想在互相心情好的时候说，等机会等到今天。反正不是开心事。不过，今天我总好像觉得我也可以顺利说出口了，所以，你也忍着听完好么？实话跟你说，直治活着。"

我身体变硬。

"五六天前和田舅舅来了信。信上说以前在舅舅公司工作的一个人，最近从南洋回来了，去舅舅那里寒暄。那时聊着聊着，最后得知那个人碰巧同直治在一个部队,直治平安无事,大概很快回来。可是,哎,有件不愉快的事。据那个人说,直治像是相当严重的鸦片中毒……"

"又来了!"

我像吃进苦东西似的扭歪嘴角。直治上高中那阵子模仿一个小说家,吸毒成瘾,为此从药店借了好大好大一笔钱。母亲花了两年时间才把钱还给药店。

"是啊,又开始了。不过,那个人说,鸦片不戒掉怕是不允许回来的,肯定戒掉了才回来。舅舅的信上说,就算戒掉了回来,那种品性的人,也不可能马上去哪里工作。在眼下这乱糟糟的东京做工,就连正常人都感觉像有些发狂似的,何况刚刚戒毒的半个病人,说不定马上疯疯癫癫,不知闹出什么来。所以,直治回来了,最好马上领回伊豆山庄,哪里也不让去,暂且在这里静养。这是一点。另外,唉,和子,舅舅还说了一点。依舅舅的说法,我们的钱已经分文皆无了。又是存款冻结又是财产税,舅舅已经很难再像以往那样给我们寄钱了。所以么,直治回来了，母亲和直治、你三个人如果优哉游哉过日子，舅舅也要为筹措生活费焦头烂额。因此，或者趁早找地方把和子嫁出去，或找人家打工，非此即彼——舅舅这么吩咐来着。"

"打工？就是说当女佣？"

"不，舅舅说，对了，驹场那位……"母亲举出某位亲王的名字，"若是那位亲王，和我们也有血缘关系。再说兼任亲王家的家庭教师，就算打工，和子也不至于多么寂寞难耐——舅舅这么说来着。"

"此外就没有可做的？"

"别的职位，对你怕是太勉强吧，舅舅说。"

"为什么勉强？我说，为什么勉强？"

母亲只是面带凄苦的微笑，再不应答。

"不干，我不干那个！"

自己也知道这话不该出口，但终究脱口而出。

"我穿这胶底袜、穿这胶底袜……"

说着，眼泪出来了，禁不住"哇"一声哭了出声。我扬起脸，一边用手背抹泪，一边对母亲说个不停——尽管明知不可以不可以，但话语仿佛下意识地、同肉体全然无关似的一泻而出。

"一次您不是说了么,说因为有和子、因为有和子陪着,母亲才去伊豆的——不是说了么?不是说要是没有和子,真想一死了之?因此、正因如此,我才哪也不去,留在母亲身边,这么穿着胶底袜,一心想为母亲种好吃的蔬菜。可您一听直治要回来了,就嫌我碍事,让我去亲王家当女佣,太过分了,太过分了!"

心里明知自己出言不逊,可是话语就像别的活物一般无论如何也停不下来。

"要是穷得没钱了,把我们的衣服卖掉不就行了?这房子也卖掉不就行了?我什么都能做,在这村公所当女事务员也好什么也好都不在话下。要是村公所肯用我,打夯也打得来!贫穷算得了什么,只要母亲爱我疼我,我就一心一意一辈子留在母亲身边。可是母亲更疼爱直治。出去,我出去就是。反正我跟直治过去就性格合不来。三人一起生活,相互都不幸。我已经和母亲两人单独生活这么久了,再没什么可留恋的了。往下直治和母亲两人亲亲密密过日子,但愿直治多多、多多尽孝,我已经厌了,厌倦了过去的生活。我出去。今天就、这就出去。我有地方去。"

我立起身。

"和子!"

母亲厉声叫我,以迄今从未让我见过的充满威严的表情直挺挺地站着。和我面对面站着,看上去好像比我还多少高出一些。

我很想马上说对不起,却怎么也没出口,反而冒出别的话来:

"骗我,母亲骗我来着!在直治回来前利用我来着!我是母亲的女佣。用完了,就让我去亲王那里。"

哇——,我站着大哭特哭。

"你、傻瓜啊!"

母亲低沉的语声,因怒气而在发颤。

我扬起脸,再次顺口说出一串不该说的傻话:

"是的,我是傻瓜。因是傻瓜才受骗上当。因是傻瓜才被当成障碍物。还是我不在好吧?穷,穷是什么？钱，钱是什么？我不知道。我只相信爱、相信母亲的爱才活过来的。"

母亲忽然转过脸去。母亲在哭！我很想扑在母亲身上说对不起，但干农活弄脏的手让我多少有些介意，赌气地佯装不知。

"我不在就行了吧？我出去，有地方去。"

如此丢下一句，我直接一阵小跑。跑去洗澡房，抽抽搭搭洗脸洗手洗脚。然后去母亲房间换穿套装，再次哇一声哭倒。我想尽情尽意、拼死拼活哭个够。于是跑上二楼西式房间，一头摔在床上，拿毯子蒙住头，猛哭不止，哭得身上水分都干了。哭着哭着，意识混沌起来，渐渐变得留恋一个人。恋恋不舍，想看那人的面容、想听那人的语声，想得不得了。心里觉得就像两只脚心被热辣辣地针灸着，而自己静静忍住不动——便是这样一种特殊心情。

傍晚时分，母亲悄悄走进二楼西式房间，啪一声拉开灯，凑到床头。

"和子！"叫声非常亲切。

"嗯。"

我起身坐在床上，双手拢起头发，看着母亲，呵呵笑了。

母亲也幽幽地一笑，然后让身体深深陷进窗下的沙发。

"有生以来我第一次没按你和田舅舅说的做……母亲刚刚给你舅舅写了回信。告诉他我的孩子的事请交给我好了。和子，卖衣服！把两人的衣服一件件卖掉，可劲儿挥霍，来个花天酒地！我再不想让你干农活了。买高价菜不也可以的么？天天干农活，你是吃不消的。"

实际每天的农活也让我有点儿吃不消了。刚才那么发疯似的哭闹，也是因为干农活的辛劳和悲伤搅和在一起，使得自己对什么都又恨又烦。

我在床上低头不语。

"和子！"

"嗯？"

"有地方去，指的是哪里？"

我觉出自己一直红到脖梗。

"细田先生？"

我不吭声。

母亲深深叹了口气：

"过去的事说也无妨？"

"请。"我小声道。

"你从山木先生家出来，回到西片町自己家时，母亲自以为没有说过任何责备你的话。但只说了一句：'母亲被你背叛了！'可还记得？结果，你哭了起来……我知道我不该使用背叛那么重的字眼……"

不过，那时给母亲那么一说，我倒觉得很难得，高兴得哭了又哭。

"母亲那时说被你背叛了，指的不是你离开山木家的事。而是指山木先生对我说和子原来是和细田相好的啊！当时我切切实实觉得自己脸色变了。毕竟细田先生在那很早以前就有了太太有了孩子。就算你再思慕也根本奈何不得……"

"什么相好，说得太过分了。山木先生只不过胡思乱想罢了。"

"也许。你不至于仍在想那位细田先生吧？说有地方去,去哪里?"

"反正不是细田先生那里!"

"真的?那么,哪里?"

"妈妈,我么,近来想来着,人和其他动物完全不同之处是什么呢?语言也好智慧也好思维也好社会秩序也好,就算各自程度有别,但其他动物也都具有的吧?说不定信仰也有。人夸口自己是什么万物灵长,可和其他动物相比好像并没有本质区别,对吧?不过,母亲,倒是有一点,您不知道吧?有一点其他动物绝对没有。单单人有。那个么,就是秘密!怎么样?"

母亲脸颊微微泛红,妩媚地一笑:

"啊,但愿你的秘密结出硕果。母亲每天早上都祈求你父亲保你幸福。"

倏然,心头浮现出和父亲在那须野开车兜风,中途下车看见的秋日原野的风景。胡枝子、红瞿麦、龙胆、黄花龙芽等秋天的草本花开得正艳。野葡萄还青着。

接下去,和父亲在琵琶湖乘摩托艇。我跳进水里，湖藻中栖息的小鱼碰我的腿，湖底清晰印出我两腿的影子，慢悠悠一动一动——如此情景前后毫无关联地倏然浮上心头，转而消失。

我从床上滑下，抱住母亲的双膝，这才得以说出：

"妈妈，刚才对不起！"

想来，那几天是我们幸福的最后一缕光闪。之后直治从南洋回来了，我们真正的地狱从此开始。

三

无论如何、不管怎么样都活不下去的那种沮丧感——莫非这就是不安情感不成？痛苦的潮水扑胸而来。简直就像白色云絮急匆匆一片接一片掠过阵雨过后的晚空一般，时而勒紧时而放松我的心脏。我的脉搏停止不动，呼吸细若游丝，眼前朦胧一片，浑身气力从指尖倏然溜走——在这样的心境中，我已没办法继续用毛线织东西了。

近来阴雨连绵，做什么都无精打采。今天情绪上来，把藤椅搬到客厅檐廊，准备把今春开始织而弃之不理的毛衣继续织下去。我打算在有些褪色的浅牡丹色毛线里加进天蓝色毛线，用来织成毛衣。这浅牡丹色毛线，是二十年前读初等科①时母亲用

---

① 初等科：见39页底注①。

来给我织围脖的毛线。围脖的一端是头巾,我围在头上照镜子一看,活像小鬼。而且,由于颜色同其他同学围脖的颜色截然不同,让我讨厌得要死。关西①纳税大户家的同学以老成的语气夸奖说"好一条围脖啊!"可我更加难为情。那以来一次也没围过这围脖,弃之很久很久了。今年春天,我以起死回生的念头把它拆了,开始用来织我的毛衣。但总觉得这褪色的色调不合心意,再次扔开。今天实在无所事事,就心血来潮地取了出来,慢悠悠重操旧业。但织着织着,我察觉这浅牡丹色毛线同灰色的阴雨天空融为一体,形成柔和得妙不可言的色调。原来是我无知,不知道衣着要考虑同天空颜色的谐调。谐调,这是何等美妙的事情啊!我因此有些吃惊,惊呆了。灰色的雨空、浅牡丹色的毛线——二者组合起来,二者同时变得活色生香,真是不可思议。手中的毛线陡然变得暖融融的,阴冷的雨空也

---

① 关西:日本西部,主要指京都、奈良、大阪、神户一带。与之相对的东京一带称关东。

像天鹅绒一样给人以温柔之感。这让我想起莫奈[①]的雾中教堂。我觉得,通过这毛线颜色,自己第一次知道了什么叫"good"。母亲显然懂得这浅牡丹色同冬日的雪空是何等相得益彰,特意为我挑选的。我却傻乎乎弃若敝屣。而母亲并不强制还小的我,放在那里等我喜欢。母亲始终佯作不知地默默等我恍然大悟,整整二十年间绝口不提这颜色之美。我深深感到母亲真是好母亲。而我和直治两人却欺负、折磨这么好的母亲,致使她随时都可能死掉。想到这里,胸口忽一下子涌起不堪忍受的恐惧和担忧的阴云。如此这般,这般如此,越想越预感前程全是触目惊心的坏事,陷入全然活不下去的不安之中,指尖也没了气力。我把织针放在膝头,长长喟叹一声,仰面朝天,闭目合眼。

"妈妈!"我情不自禁地招呼一声。

母亲正靠在客厅角落的桌旁看书,不解地

[①] 莫奈:克劳德·莫奈(Clande Monet,1804—1926)法国印象派主要画家。代表作《印象·日出》《睡莲》等。

应道：

"什么？"

我不知所措。随即故意拔高嗓门：

"玫瑰终于开了，妈，知道不？我刚注意到。终于开了！"

紧挨客厅檐廊前的玫瑰。那是和田舅舅过去不知从法国还是英国——有些忘了——反正从很远的地方带回来的玫瑰，两三个月前移植到这山庄里来的。今天早上总算开出一朵，这点我清清楚楚。但为了掩饰自己的尴尬，便像刚刚察觉似的虚张声势。花是深紫色的，有一种毅然决然的傲气和力度。

"知道的。"母亲不动声色地说，"对于你，那像是事关重大啊！"

"或许。可怜？"

"不，我只是说你身上有这种地方。又往厨房火柴盒贴雷诺阿[①]的画，又给布娃做围巾，是喜欢

[①] 雷诺阿：皮埃尔·奥古斯特·雷诺阿（Pierre Auguste Renoir，1841—1919），法国印象派主要作家。代表作有《煎饼磨坊的舞会》《游艇的午餐》等。

做这些的吧?就拿院子的玫瑰来说,听你那么一说,觉得就像说活人事似的。"

"没有孩子的嘛!"

自己也全然始料未及的话冲口而出。说罢一惊,自我解围似的摆弄膝上的针织品。

——二十九岁了啊!

这么说的男人的语声,感觉上仿佛电话中听得的撩人情怀的男低音让我听得清清楚楚。我羞得脸颊像起火一样发烫。

母亲什么也没说,仍闷头看书。母亲不久前开始戴纱布口罩。或许这个关系,近来明显变得寡言少语。口罩是按照直治的说法戴的。直治十多天前从南洋岛上脸色铁青地回来了。

也没提前打声招呼,一个夏日的傍晚,从后面的木门溜进院子:

"嘿,不成样子,房子毫无情趣,最好贴张纸上去:'来来轩,卖烧麦'!"

这就是和我第一次见面时直治的寒暄话。

两三天前母亲就因舌头有病躺倒了。舌尖在外

观上没有任何变化,然而她说一动就痛得不得了。吃饭也只是喝稀粥。我说找医生看看,她摇头笑笑:

"给人见笑。"

涂了碘酊也好像毫无效果。我奇异地觉得心焦意躁。

正当这时,直治回来了。

直治坐在母亲枕边说了声我回来了就马上立起,在小房子里到处转来转去。我跟在他后面问:

"怎样?母亲变了?"

"变了变了,面黄肌瘦。早死就好了。在这样的世上,妈妈那样的人根本没办法活。太惨了,看不下去。"

"我呢?"

"粗俗了。看那张脸,好像有两三个男人都不止。酒呢?今晚得喝酒!"

我走去村中仅此一家的小旅馆,说弟弟从部队回来了,求老板娘阿笑多少匀一点酒。阿笑说不巧酒断货了。我回来这么告诉直治,直治现出见所未见的陌生人般的表情,哼一声说我不会交涉。随即向我问了小旅馆位置,趿拉着院子用的木屐奔了出去。往下怎么等也等不回来。我准备了直治喜欢吃的油煎苹果片,还用鸡蛋做了菜,饭厅电灯泡也换成亮的了。等了很久。正等着,阿笑从厨房门一晃儿探出脸,那对鲤鱼样的圆眼睛瞪得更大了,像说一件大事似的低声说道:

"喂、喂,不要紧么?喝烧酒来着……"

"'烧酒'①,可是甲醇?"

"不,倒不是甲醇……"

"喝也不至于得病吧?"

"嗯,不过……"

"让他喝好了!"

阿笑像咽唾液似的点头回去了。

"说是在阿笑那里喝酒呢。"

听我一说,母亲略微扭着嘴角笑道:

"是吗。鸦片那东西,怕是戒了吧。你快吃饭

---

① 烧酒:日语作"烧酎"。在日本,除"清酒"外的一种常饮酒。用薯类或谷物蒸馏制作,酒精度一般在 25 度左右。

吧。对了,今晚三人在这房间里睡,直治的被褥铺在中间。"

我直想哭出来。

三更半夜,直治带着粗重的脚步声回来了。我们三人睡在客厅同一顶蚊帐里。

"南洋的事,讲给妈妈听听可好?"我躺着说。

"什么也没有,什么也没有,忘光了。到了日本坐上火车,从车窗看去,水田真是好看。只这个。关灯吧,不关睡不着。"

我关掉灯。夏天的月亮如洪水涌满蚊帐。

第二天早晨,直治趴在褥子上,一边吸烟一边眼望远处的大海。

"听说你舌头痛?"

那口气,好像刚刚意识到母亲身体不好似的。

母亲只是浅浅地一笑。

"那东西么,肯定是心理性的。夜里张嘴睡觉的吧?不成样子。戴上口罩,把纱巾用利凡诺液浸了,塞到口罩里。"

听得我忍俊不禁:

"那叫什么疗法?"

"美学疗法。"

"可妈妈肯定不喜欢口罩什么的。"

不限于口罩,眼罩也好眼镜也好,那种加在脸上的东西,母亲都不中意来着。

"嗳,妈妈,戴口罩?"我问。

"戴。"

母亲认真地小声回答。这让我心中一惊。意思似乎是大凡直治说的,无论什么都要信从。

吃完早饭,我按直治说的,用利凡诺浸了纱布,做好口罩,拿去母亲那里。母亲默默接过,仍躺着把口罩细绳乖乖挂在耳朵上。那样子,分明同幼童无异。看得我心里难过。

偏午时候,直治说要见东京的朋友和文学方面的老师等人,换上西装,从母亲手里接过两千日元去了东京。去了差不多十天了,直治仍没回来。母亲天天戴着口罩等待直治。

"利凡诺,好药啊!戴上这口罩,舌头的疼痛完全消失了!"母亲边笑边说。

可我总觉得母亲是在说谎。虽然她说不碍事了,现在也起来了,但看样子还是没有什么食欲,话也少得多。我实在放心不下。哎,直治在东京做什么呢?一定跟那个小说家上原什么的一起在东京城游来逛去,卷进东京疯狂的漩涡中。我越想越苦闷。突如其来地告诉母亲玫瑰消息,又信口开河说出因为没有小孩那种自己也意外莫名其妙的话来——真是愈发不成样子了。

"啊!"

我欠身立起,却又全然无处可去,对自己不知如何是好。于是一摇一晃爬上二楼,进入二楼西式房间。

这里往下应是直治房间。四五天前我跟母亲商量,请坡下的农家井中先生帮忙,把直治的西装柜、桌子、书箱,还有满满装有藏书和笔记本等物的五六个木箱,反正把过去西片町家直治房间里的所有东西都搬来这里。我觉得最好还是等直治从东京回来,由他自己把衣柜书箱等等摆在他自己喜欢的位置。他回来之前只管这么杂乱放着。结果,房

间到处乱七八糟,几乎连下脚地方都没有。我漫不经心地从脚下木箱拾起一本直治的笔记一看,笔记本封面写道:

葫芦花日志

里边密密麻麻潦草写着以下内容。似乎是他苦于吸毒成瘾时的手记。

感觉像要烧死。痛苦也喊不出痛苦,纵使只言片语。亘古未有。自有人世以来前所未有的无底地狱,休得掩饰这地狱!

思想?谎言!主义?谎言!理想,谎言!秩序?谎言!诚实?真理?纯粹?统统谎言!人称半岛紫藤树龄千年,熊野紫藤数百年。据闻前者花穗最长九尺,后者五尺有余,而我只为花穗动心。

那也是人之子,活着的人之子。

逻辑是所谓对于逻辑的爱,不是对活着的人

的爱。

金钱与女人。逻辑为之羞赧,匆匆离去。

历史、哲学、教育、宗教、法律、政治、经济、社会,同那类学问相比,一个处女的微笑更为尊贵——此乃浮士德①博士勇敢的实证。

学问是虚荣的别名,是使人不再是人的努力。

对歌德也可以信誓旦旦:无论多么巧妙我都能写。能写出布局谋篇天衣无缝,又有适可而止的滑稽、灼伤眼底的悲哀,抑或令人端庄肃然即所谓正襟危坐那般十全十美的小说。而若朗朗诵读,即为银幕解说词——可我怎么好意思写呢?归根结底,我要说,那种杰作意识纯属小家子气。读小说而正襟危坐,那是狂人行为。既然这样,索性身穿和服外褂裙裤②岂不更好!越是优秀作品,应该越不装

---

① 浮士德:德国诗人、作家歌德(约翰·沃尔夫冈·冯·歌德,Johann Wolfgang von Goethe,1749—1832)的小说名著《浮士德》中的主人公。
② 和服外褂裙裤:男式和服正装。

腔作势。为了看到朋友由衷欣慰的笑脸，我故意把一篇小说写得一塌糊涂，随即摔个倒仰，抱头鼠窜。啊，朋友当时那张笑脸！

文不通则人不达，吹响玩具喇叭给你听。这里有日本头号傻瓜。而你毕竟说得过去。祝你永远健在——这样的温情，到底算什么呢？

朋友洋洋得意，感慨道那是那家伙的坏毛病，委实可惜。人家爱他，他却不知。

有不是不良的人吗？

毛骨悚然。

想得到钱。

若不然，

自然死于睡眠！

欠药店将近一千元。今天把当铺掌柜偷偷领来家中，让到自己房间：这房间有什么可当的，尽管拿去，十万火急需要钱。对方看也不看，胡说算了吧，又不是你的东西。那好，我理直气壮地说，那么就把我以前用零花钱买的东西统统拿去！而集中起来的"破烂",有当钱资格的,一件也没有。

首先是单手石膏像,这是维纳斯的右手。酷似大丽花的一只手,雪白的一只手。这样的手孤零零摆在台面。但仔细看就会看出,这只手是在表达维纳斯被男人注视裸体时那啊一声惊叫、那羞涩的旋风、那一丝不挂的凄惨。甚至浅淡而又遍布全身的火辣辣的红晕、那全身的扭动——维纳斯如此令人屏息敛气般的裸体的羞涩,也通过这只指尖没有指纹、掌心一条手纹也没有的纯白的纤纤右手悲戚地表达出来。表达得几乎令我们透不过气。然而,这就是所谓不实用的"破烂"。掌柜一口砍到五角钱。

此外,巴黎近郊的大地图、直径将近一尺的假象牙大陀螺、比丝线还细的能写字的特制自来水笔尖——哪一件都是我当古玩买得的。但对方笑道这就告辞。我让他等等。结果,让他背走山一样多的书,接得五元钱。我书架上的书,几乎只剩不值钱的小开本,且是从旧书店买进的,典当价值自然这么低。

想解决千元债款,实际仅此五元。我在世间的实力大体如此。不是笑谈。

颓废?可我若不这样就活不成。较之那么指责我的人,叫我死去的人更为难得。死了利索。而人们偏偏不说"去死!"心胸狭窄、精打细算的伪善者们!

正义?所谓阶级斗争的本质,根本不在那里。人道?少开玩笑!据我所知,那意味为了自己的幸福把别人打倒、杀掉。若非喝令去死,那是什么?休想蒙骗我!

但是,我们这个阶级也没有正经货。白痴、幽灵、守财奴、疯狗、吹牛大王、假斯文、站在云端撒尿!

去死!就连这两个字也不值。

战争。日本的战争,纯属找死。
卷入找死战争死去。不,更想一个人死去。

人说谎时,必定一本正经。瞧近来那些领导人的一本正经!呸!

想和受人尊敬的人玩。

问题是,那样的好人根本不带我玩。

我一做出早熟的样子,人们就说我早熟;我做出懒汉的样子,人们就说我懒汉;我做出写不出小说的样子,人们就说我写不出;我做出说谎的样子,人们就说我说谎;我做出有钱的样子,人们就说我有钱;我做出冷淡的样子,人们就说我冷淡。然而,当我真的痛苦得禁不住呻吟时,人们却说我伪装痛苦。

驴唇不对马嘴。

总之除了自杀别无他法,不是么?
即使这么痛苦,而一想到自杀了结,也还是大放悲鸣。

一个春天的早晨,绽开两三朵花的梅树枝沐浴着早上的阳光。就在那条枝上,海德堡一个年轻学生长拖拖吊死了。

"妈妈,骂我好了!"
"怎么骂?"
"骂我窝囊废!"
"真?窝囊废……这回可以了吧?"
妈妈有好得无与伦比的地方。想到妈妈就想哭。即使为向妈妈道歉也得死。

原谅我吧,现在就原谅我一次吧!

小天鹅哟
一年又一年
长大了
可惜不睁眼
再胖也可怜
　　(元旦试作)

吗啡、阿托罗莫尔、鸦片、潘特朋、帕比那尔、潘欧品、阿托品①。

人,不,男人,若不认为自己优秀、自己有优点,怎么能活得下去?

讨厌人,被人讨厌。

斗智。

严肃=痴呆感。

总之是在活着,所以一定在招摇撞骗。

一封借钱信:

请回信。

务请回信。

希望一定是好消息。

我设想了种种屈辱,正在独自呻吟。

不是演戏,绝对不是。

---

① 均为用于镇静、镇痛、麻醉的药品或毒品。

拜托了!

我羞愧得要死。

不是夸张。

每天每天盼望回信,日日夜夜浑身颤抖不止。

别让我嚼沙子。

隔壁传来偷偷的笑声。深夜在被窝中辗转反侧。

别让我蒙受耻辱。

姐姐!

看到这里,我合上葫芦花日志,放回木箱。然后走去窗口,让窗扇大敞四开,俯视白濛濛的雨中庭园,回想当时的事。

自那以来,已经六年了。直治的毒瘾成了我离婚的起因。不,不能那么说。即使没有直治的毒瘾,我的离婚也迟早由别的事端促成——我觉得这点甚至从出生时就已定下。直治没办法支付欠药店的钱,屡屡求我给钱。我刚嫁到山木家,钱方面不可能有多少余地。再说,从婆家偷偷摸摸弄钱给娘家的弟弟，我觉得这事让我十分不好意思。于是和从娘家陪我嫁过来的阿婆阿关商量，将我的手镯、项链和裙子卖掉。弟弟给我来信讨钱。信上写道："我现在又痛苦又羞愧，实在没办法和姐姐见面，甚至打电话都做不到。吩咐阿关把钱送往住在京桥×町×丁目茅野公寓的小说家上原二郎君——想必姐姐也知其姓名——那里。上原君被坊间说得像是不道德之人，但他绝不是那样的人，只管放心地把钱送到上原君那里。那样，上原君会马上用电话通知我，务请照做。无论如何我不想让妈妈察觉我现在的毒瘾，打算在妈妈不知道时间里彻底戒掉。拿到姐姐的钱后，还回欠药店的全部债款，然后去盐原别墅，让身体恢复健康。真的，只要整个还上药店债款，我当天就同毒品一刀两断。向神发誓。请相信我，请瞒着妈妈。求姐姐让阿关去茅野那里。"于是我按弟弟的指示，让阿关带钱悄悄送到上原的住处。但是，弟弟信上的誓言总是谎言。他根本没去盐原别墅，毒瘾似乎变本加厉。要钱的信也写得近乎苦苦哀求。这回坚决戒掉——誓言悲切得几乎让人不忍面对。因此，尽管明知又是谎言，但也还是不由得让阿关把我的胸针卖掉，把钱送去上原住的公寓。

"上原先生，是怎样一位男士？"

"小个子，脸色不好，爱理不理的。"阿关答道。"不过，他很少在家。在家的一般都是他太太和一个六七岁的女孩儿。那位太太虽说不怎么漂亮，但热情，看上去有教养。若是给那位太太，钱是可放心交给的。"

那时的我，同现在的我相比，不，根本无法相比，简直像另一个人似的呆呆愣愣无心无肺。尽管如此，毕竟接连不断要钱且款额越要越多，还是感到忧心忡忡。一天看完能剧①回来路上，在银座把汽车打发回去，独自找到茅野公寓。

上原一个人在房间里看报。条纹布夹衣，外面披着藏青碎白花短褂，给我的第一印象很怪：既像年老又像年轻，又像从未见过的奇兽。

---

① 能剧：日语作"能""能楽"，一种集舞、唱、音乐于一体的日本传统舞台艺术形式。

"老婆刚和孩子一起领配给品去了。"

他以略带鼻音的声音断断续续地说道。似乎把我错看成他太太的朋友或什么人了。我说是直治的姐姐,上原当即笑出声来。不知何故,我打了个寒战。

"出去走走吧!"

说着,他已披上和服长披风,从木屐箱里取出新木屐穿上,迅速在前头沿走廊走了起来。

外面是初冬黄昏。风很凉。感觉像是隅田川吹来的河风。上原以抗击河风的架势,稍微向上斜起右肩往筑地那边默默行走。我一阵小跑接一阵小跑跟在后面。

走进东京剧场后面一座大厦的地下室。二十叠大小的狭长房间里,四五伙客人各自隔桌喝着闷酒。

上原用玻璃杯喝酒。也为我要了一个杯劝酒。我用那个玻璃杯喝了两杯,但什么事也没有。

上原喝酒,吸烟,久久沉默。我也沉默。虽说生来第一次来这种地方,但十分镇定,心情愉快。

"要是喝酒就好了……"

"哦?"

"不,说你弟弟。要是转到酒精这方面来就好了。过去我也有毒瘾来着。对那东西人们都心里发怵。其实酒精也是一回事。但对酒精人们意外宽容。把弟弟搞成酒鬼好了,可以吧?"

"我见过一次酒鬼的。新年出门时,我家司机的一个熟人在汽车副驾驶席上脸红得像小鬼似的。睡着了,呼噜呼噜打着很大的鼾声。我惊叫一声,司机说是酒鬼,没办法的。把他从汽车拉下扛在肩上送去了哪里。瘫软得好像没了骨头,可嘴里还是嘟嘟囔囔的。那是我第一次看见酒鬼什么样,有意思。"

"我也是酒鬼。"

"哎哟,可不一样的吧?"

"你也是酒鬼。"

"没那回事。我见过酒鬼的嘛!完全不同。"

上原这才开心地笑了起来:

"那么说,你弟弟也可能成不了酒鬼。反正最好成为喝酒的人。回走吧。晚了怕不好办吧?"

"哪里,无所谓的。"

"啊,说实话,我手头紧。阿姐!付账!"

"很贵很贵吗?要是一点点,我倒是有的。"

"是吗,那么,付账你来。"

"可能不够。"

我看看手袋,告诉上原有多少钱。

"那足够再喝两三家的,捉弄我!"

上原蹙起眉头,转而笑了。

"还去哪里喝么?"我问。

他摇头道:

"啊,够了。给你找出租车,回去吧。"

我们爬上地下室黑暗的楼梯。爬到中间,先爬一步的上原猛然转身,飞快地吻住我。我紧闭着嘴唇,任他吻。

倒也不是多么喜欢上原,但从那时开始,我还是有了"秘密"。上原啪啪嗒嗒跑上楼梯。我的心情奇异地一阵透明,缓缓爬到外面。河风吹拂着脸颊,十分惬意。

我请上原拦了辆出租车,两人默默分别。

被车摇晃时间里,我觉得人也突然变得像大海一样广阔。

"我有情人了。"

一天，我被丈夫抱怨得有些孤寂，不经意地说道。

"知道。是细田吧？无论如何都不能死心吗？"

我默然。

每当有什么不愉快的事发生，这个问题就出现在我们夫妻之间。我心想这可不成。可是一如裁错了裙子布料，那布料已无法缝合了，只能全部扔掉，另找新布料剪裁。

"肚里的孩子不至于……"

一天夜里给丈夫这么说时，我实在太惊恐了，浑身瑟瑟发抖。如今想来，我也好丈夫也好，都还年轻。我不晓得恋情，甚至爱也不明白。我为细田先生画的画迷得如醉如痴。如果成为那样的男士的太太，日常生活该营造得多少美妙！若不同那般情趣高雅的人结婚，结婚绝对无聊——无论对谁我都这么说来着。以致受到人们误解。然而我还是不懂恋情不懂爱，满不在乎地公开说自己喜欢细田先生，根本无意否定。结果事情变得莫名其妙，就连自己肚子里安眠的婴儿那时也成了丈夫怀疑的目标。尽管没有哪个直接提出离婚，但不知不觉之间，周围气氛变得生分起来，于是我和陪我嫁来的阿关一起返回娘家。后来产了死婴，我病倒了。同山木的关系，就此不了了之。

直治想必对我离婚的事感觉出某种类似责任的东西，说一声去死就哇哇放声大哭，脸都险些哭烂了。我问弟弟药店债款有多少了，得知数额多得惊人。而后来才知道，实际数额弟弟不敢说，弟弟说谎了。后来确认实际总额，差不多是弟弟当时告诉我的三倍。

"我、见上原了。一个好人啊。往后跟上原一起喝酒玩儿怎么样？酒么，那东西很便宜，是吧？几个酒钱，我随时给你。药店债款，也别担心。总有办法可想的。"

我说见了上原并说他是好人，使得弟弟好像高兴得不得了。那天夜里他从我手中接过钱就到上原那里玩去了。

毒瘾——唯有毒瘾——或许是一种精神病患。

我夸了上原，又从弟弟那里借来上原的书读了，说很了不起。弟弟就说姐姐你懂得什么！话虽这么说，但仍显得乐不可支，又让我读上原别的书："那么，这个也读读看！"一来二去，我也真心读起了上原的小说，两人这个那个就上原说三道四。弟弟每天晚上都气壮如牛地跑去上原那里玩。看样子，渐渐按上原的计划朝酒精方面转变。我就欠药店的钱悄悄跟母亲商量。母亲一只手捂住脸，好一会儿一动不动。随后扬起头，凄楚地笑笑，说道想也没办法啊，花上几年不知道，反正每月多少还一点吧。

自那以来过去了六年。

葫芦花。啊——弟弟，估计弟弟也够痛苦的。而且，前途无望，估计至今也全然不知道做什么好，只是天天以一死之心喝酒不止。

索性一咬牙当真正的不良分子如何？那一来，说不定弟弟反而快活起来。

有不是不良的人吗？那本笔记中这样写道。不过那么说来，隐约觉得自己也是不良，舅舅也是不良，母亲也是不良。不良恐怕不是件简单事。

四

上原二郎先生(我的契诃夫①,My Chekhov,M·C):

这封信,写呢还是怎么样呢?自己相当困惑。不过,今早想起了耶稣的话:如鸽子一样诚实,如蛇一样聪慧,于是奇妙地有了精神,决定写这封信。我是直治的姐姐。忘了吧?忘了,请想起来才好。

直治最近又去打扰,好像添了不少麻烦,对不起(其实直治的事是直治我行我素。由我出头致歉,我也觉得似乎多此一举)。今天不是为直治的事,是为我的事求道。从直治口中听说京桥的公寓受了战灾,后来搬到现在的住处。很想前往东京郊外的府上拜访,但母亲近来身体有些不好,无论如何也

---

① 契诃夫:安东·巴甫洛维奇·契诃夫(Andon P Chekhov, 1860—1904),俄国剧作家、短篇小说大师。代表作有《变色龙》《公务员之死》等。

无法扔下母亲进京。只好以这封信表达。

有件事想跟你商量。

从以往的《女大学》①角度来看,我要商量的事或许是非常狡猾和肮脏的,甚至是恶性犯罪。但是,我、不,我们照此下去,无论如何都很难活下去了。因此打算请您、请弟弟直治可能在这世上最尊敬的您听一下我坦诚的心情,给予指导。

我忍受不了现在的生活。不是说喜欢不喜欢,而是说长此以往,母子三人实在没办法活下去。

昨天也很难受,全身发热,呼吸困难,自己对自己不知如何是好。不料偏午时候,坡下的农家姑娘冒着雨背米送来。我就递给说定的衣服。姑娘在饭厅坐下和我面对面喝茶。边喝边用极为直率的语气问:

"跟你说,靠卖东西,往后能生活多久呢?"

"半年或一年左右。"我回答。随即用右手捂住

---

①《女大学》:一般认为是日本江户前期儒学大家贝原益轩(1630—1714)的著作,为江户时期女子修身养德的必读书。

半边脸说:"困,困得不行。"

"累的。怕是嗜睡那种神经衰弱。"

"有可能啊!"

我险些落泪。倏然,现实主义那个词和浪漫主义那个词浮上心头。我没有现实主义。想到这样能不能活下去,顿觉寒气从全身掠过。母亲是半个病人,躺躺坐坐;弟弟如您所知,是有心病的大病人。在这边的时候,成天每日去附近旅馆兼餐馆的人家喝烧酒。每三天一次拿着卖我们衣服的钱跑去东京那边。但痛苦的不是这种事。可怕的是我真切预感自己的生命将在这样的日常生活中如芭蕉叶不落而腐烂一样站立着而自行腐烂下去。实在忍无可忍。所以,即使有违《女大学》,我也要逃离眼下的生活。

我为此找您商量。

现在我很想在母亲和弟弟面前明确宣布,明确说出自己以前就思恋某个人,将来打算作为他的情人生活。那个人想必您也知道。其姓名的罗马拼音头两个字母是 M·C。过去每当有什么难受事的时候,我就恨不得跑去 M·C 那里,要死要活地熬到现在。

和您同样，M·C也有太太和孩子。比我年轻漂亮的女友也好像有。但是，作为心情，除了去找M·C，我别无生路。M·C的太太我还不曾见过，似乎是一位非常贤惠的女士。想到那位太太，我认为自己是个可怕的女人。可我觉得现在的生活好像更加可怕，没办法不依赖M·C。如鸽子一样诚实，如蛇一样聪慧——我要这样实现我的思恋。不过，母亲也好弟弟也好或者世人也好，估计谁都不会赞成我的做法。您怎么样？归根结底，我只能独自思考独自行动，别无他法。想到这点就泪流不止。毕竟有生以来头一次。这种艰难的事不大可能在得到周围人祝福的情况下如愿以偿。我要像求解格外复杂的代数因式分解题或什么答案一样聚精会神。一旦觉得某处有个线头能使死结扑簌簌应声而解，心情就豁然开朗。

问题是，关键的M·C那边对我是怎么看的呢？想到这里，一下子垂头丧气。就是说，是我不请自来……怎么说好呢，不能说是追上门的老婆，或者该说是追上门的情人,反正就是那么回事。假如M·C死活都不愿意,那么就到此为止。所以求求您,求您问问他。六年前的一天,我胸间隐约架起一道色彩浅淡的彩虹。尽管那不是恋情也不是爱情,但随着岁月的推移,那道彩虹明显增加了色彩的浓度。迄今为止,我一次也不曾让它在眼前消失。傍晚骤雨过后的天空架起的彩虹,很快就会消失不见,但一个人心中架起的彩虹是不会消失的。请问一问那位可好?

那位究竟是怎么看我的呢?也会把我看作雨后天空的彩虹吗?或者早已经消失了?

果真那样,我也必须抹掉我的彩虹。可是,只要我的生命没有先行消失,我胸中的彩虹就不至于消失。

祈盼回音。

又及:这段时间我一点点胖了下去。较之变为动物性女人,我以为更有人样儿了。这个夏天,我读了一篇劳伦斯①的小说。

M·C先生：

由于不见回音，就再奉上一封。日前奉上的信，充满极其狡猾的、蛇一般的奸计，想必被您一一识破了。事实上那封信的字里行间也极尽狡黠之能事。说到底，只有想求您帮助我的生计和要钱的意图——想必您认为信的意图只此一个。我也并不否定。不过，如果我只想找自身的资助者，那么恕我失礼，不至于特意找您。我觉得另外有许多喜爱我的富有的老人。实际上最近也有奇妙的类似提亲那样的事发生。对方姓名您也可能晓得，是一位年过六十的独身老伯，据说是艺术院会员或其他什么的大师级人物来山庄讨我。这位大师住在我们西片町家附近，有相邻之谊，曾时而见面。一次——记得是秋天一个傍晚——我和母亲两人坐汽车通过那位

---

① 劳伦斯：（David Herbert Lawrence，1885—1930）英国小说家，著有引起世界性争议的长篇小说《查特莱夫人的情人》，以及《儿子和情人》《虹》等。

大师家门时,他正一个人怅然立在门旁。母亲从车窗里朝他略微点头致意,对方那紧绷着的铁青色脸庞一下子变得比红叶还红。

"春心浮动?"我打趣说,"喜欢母亲的吧?"

可母亲不动声色,自言自语似的说:

"哪里,人家是大人物。"

尊重艺术家似乎是我们家的家风。

听说那位大师几年前失去了太太,通过跟舅舅和同为谣曲票友的一位亲王向母亲提婚,母亲建议我直接回复大师,怎么想就怎么说。我用不着多想,随手提笔飞快地写道自己眼下无意结婚。

"谢绝也可以的吧?"

"那倒也是……我也认为不够合适。"

当时大师住在轻井泽别墅那边,就写信到山庄谢绝。第二天大师来信——同我的信偏巧岔开——说他只是在来伊豆温泉办事途中短期在那里停留一会儿,于是在完全不知晓我如何回信的情况下突如其来出现在我们山庄。艺术家这类人,无论多大年纪都这么像个孩子似的率性而为。

母亲身体欠佳，由我出面接待对方，在中式房间端茶说道：

"那封谢绝的信，想必现在应该到了轻井泽那边。我倒是仔细考虑过了……"

"是那样的吗？"对方以急切切的语气说着，擦了把汗。"不过，务请再认真考虑一次。我么，怎么说呢，所谓精神上我或许不能给你幸福，但在物质方面，什么样的幸福我都可以给你。这点可以说定。啊，我，我说话可是毫无顾忌……"

"您所说的幸福，我不大明白。这么说好像不知天高地厚，还要请你原谅——契诃夫在给妻子的信中写道生个孩子、生个我们的孩子吧。尼采①或是谁的随笔中也有想要为自己生孩子的女人那样的话。我、想要孩子。至于幸福什么的，那玩意儿怎么都无所谓，虽然钱也想要，但只要有养育孩子的钱，那就足够了。"

---

① 尼采：Friedrich Wilhelm Nietzsche（1844—1900）德国哲学家。存在主义的先驱。著有《强力意志》等。

大师怪异地笑道：

"您这人世所罕见，对谁都能直言不讳。如果和你这样的女士在一起，说不定我的工作也会有灵感降临。"

对方竟说出与其年龄不相符的不无装腔作势的话来。假如真能以我的力量让如此非同一般的艺术家的工作充满生机，那肯定也是有价值的事——我虽然也这么想了，但无论如何都无法设想自己被那位大师拥抱的样子。

"您是说，我即使不怀有爱情也可以的么？"我略略笑着问。

大师认真说道：

"作为女子足矣。女人糊涂一些无所谓。"

"可我这样的女人，还是没有爱情就不考虑结婚的。我、已经是大人。来年就三十了。"说着，不由得想捂住自己的嘴。

三十。女人到二十九还剩有少女味儿。但是，三十岁的女人身上，就哪里也没有少女味儿了——我倏然想起过去读过的一本法国小说中的话，一种无可救药的寂寞感袭上心头。往外望去，沐浴着正午阳光的海面，如玻璃碎片一样闪闪烁烁。读那本小说的时候，我只是轻轻点头，心想大约是那样的，没往心里去。原来女人的生活三十岁就结束了，很怀念如此不以为然的那个阶段。手镯、项链、礼服裙、腰带，随着这些从自己身体周围一一消失，我身上的少女味儿想必也逐渐变淡变少。贫穷的中年女人。啊——，讨厌。不过，中年女人的生活也还是有女人生活的，是吧？近来我明白了这点。记得英语女教师回英国的时候对十九岁的我这样说过：

"你不要恋爱。一恋爱，你就会变得不幸。如果恋爱，要等到再大一些，等到三十以后。"

可是，即使那么说，我也浑然不觉。什么三十以后，那时的我根本无从想象。

"听说这座别墅要出售？"大师以仿佛不怀好意的表情，忽然说道。

我笑了。

"抱歉,我想起了《樱桃园》①。你肯买下吗?"

大师到底敏感地有所觉察,愠怒似的扭歪嘴角,沉默不语。

某位皇族想作为新居以新日币五十万元买下这类说法的确是有的,但那已经消失。估计大师听得了这个传闻。不过,想必不愿被我们看成樱桃园的罗巴兴,情绪仿佛一落千丈,往下闲聊了几句回去了。

我现在求助于你的,不是罗巴兴。这点可以明确。只是想请你接受中年女人的强行上门。

第一次见你,已是六年前的往事了。那时我对你这个人一无所知。只知道你是弟弟的老师,而且是相当糟糕的老师。就那样和你一起用玻璃杯喝酒,之后被你轻轻戏弄了一下。而我并没在乎,只是奇异地觉得一身轻松。谈不上是喜欢你还是讨厌你。后来,为了讨弟弟欢心,从弟弟手里借你写的书看

---

① 《樱桃园》:契诃夫创作的四幕剧。1904 年首次上演。主要讲俄国贵族坐吃山空,最后不得不卖掉樱桃园,作为新兴资产阶级代表人物的罗巴兴不等旧主人搬走就砍樱桃树的故事。

了。有时觉得有趣有时感到扫兴,并非多么热心的读者。不料,六年间不知从何时开始,你的一切像雾霭一样渗入我的胸间。那天夜里我们在地下室楼梯的举动也陡然历历如昨,觉得那好像是足以决定自己命运的重大事件,对你思慕起来。想到这可能就是恋情,心里就空落落的,独自暗暗哭泣。你和别的男人完全不同。我不是像《海鸥》①里的妮娜那样思恋作家。我并不向往小说家那样的人。若以为我是文学少女,作为我也够困惑的。我、想要生你的孩子。

假如很久很久以前在你还一个人的时候,而我还没去山木那里的时候,两人相遇结婚,我也许就不至于像现在这般痛苦了。我已死心了,知道自己不能同你结婚了。我不愿意把你的太太挤走,那就像是见不得人的暴力。妾(我非常不愿意说这个字眼。可是,即使说情人,通俗说来那也无疑是妾,

---

①《海鸥》:契诃夫的四幕喜剧,俄国文学名著。妮娜为剧作女主人公,因受不住诱惑而投入名作家怀抱,但很快被对方抛弃。

所以还是明说），即使妾也没关系。不过，世间普通的为妾生活，怕是够难的。听人说，一旦没用了，妾一般就会被抛弃。快到六十的时候，无论怎样的男人，都要返回结发妻子身边。所以，妾是万万当不得的——一次我听西片町的老男仆和奶妈这样聊过。但那说的是世间普通的妾，而我们的情况不一样，我觉得。对你来说，我想最要紧的仍是你的工作。而你若喜欢我，那么两人要好对你的工作也应有好处。这样，你的太太也会认同我们的关系。这似乎是莫名其妙的强词夺理，但在我看来，完全没有错的地方。

问题只是你的回复。喜欢我，还是讨厌我，抑或无所谓——回复固然非常可怕，但必须询问。上次信上写了我是追上门的情人，这封信也写了中年女人的强行上门。可现在细想之下，如果没有你的回复，即使想强行上门也摸不到门拉手，只能一个人呆愣愣瘦下去。还是要有你一句话才行。

现在忽然想起，你在小说中写了相当惊险的恋爱故事，也被世人说得像坏透顶的恶棍。实际上则是注重常识的人。而我不懂得常识是怎么回事。我认为只要能做自己喜欢的事,那就是好生活。我想生你的孩子。至于别人的孩子,无论发生什么事都不想生。所以我才找你商量。你若明白,就请回信。请明确告知你的心情。

雨停了,刮风了。现在是下午三点。这就去领配给的一级酒(六合①)。把两支朗姆酒空瓶装进袋子,把这封信揣进上衣胸袋,不出十分钟就能走到坡下的村子。这酒不给弟弟喝。我来喝。每晚用玻璃杯满满喝一杯。的确,酒是用玻璃杯喝的,是吧?

不来这边转转?

M·C(不是 My Chekhov② 的字头缩写。我不是爱上了作家。My Children③)

今天也下雨了。下的是眼睛看不清的濛濛细

---

① 六合:日本容积单位,1 合相当于 1/10 升(约 1.8 公升)。
② My Chekhov:我的契诃夫。
③ My Children:我的孩子。

雨。每天每日都不出门等待你的回信,可是直到今天也没信来。你到底在想什么呢?上次信中写了那位大师的事,莫非不合适?莫非你认为写那桩婚事是为了激起竞争心?不过,那桩婚事已彻底画上句号。刚才还和母亲就此说笑来着。母亲这些日子说舌尖痛,在直治的劝说下采取美学疗法。疗得舌痛消失了。近来稍稍有了精神。

刚才我站在檐廊里,一边眼望打着漩涡掠过的细雨,一边思考你的心情。

"牛奶煮好了,过来啊!"母亲从饭厅那边叫我,"冷,使劲儿煮了一下。"

我们在饭厅里一边喝着热气腾腾的牛奶,一边谈论前几天的大师。

"那位和我根本不相配吧?"

母亲淡淡地说:

"不相配。"

"我么,一来这么任性,二来又不讨厌艺术家那种人,何况那位又好像有很多收入,心想和他结婚倒也可以。可就是受不了。"

母亲笑道：

"和子，是你不好啊！既然那么受不了，最近却又和人家慢悠悠乐滋滋谈天说地，是吧？不明白你的心情。"

"瞧您说的，有趣的嘛！很想再大说特说来着。我、没别的爱好的。"

"哪里，够黏糊的，小黏糊和子！"

母亲今天兴致勃勃。

这么着，看着我今天第一次高高束起的头发，说道：

"束高发型么，适合头发少的人。你的束高发型过于气派了，真想给你戴一顶小金冠。败笔！"

"好让人家泄气！可有一次您说过吧？说我脖颈白得好看，尽量别遮上才好。"

"那倒是记得。"

"哪怕夸我一句，我也一辈子都不会忘的。记住了，能让人开心。"

"前几天也被那位先生夸奖什么了吧？"

"不错，所以才黏糊上了嘛。和我在一起会上来灵感……啊,受不了。对艺术家我倒是不讨厌,可那种装得很高尚的人,怎么都受不了。"

"直治的老师,是怎样一个人?"

我心头一震。

"不大清楚。不过,毕竟是直治的老师,像是个贴了标签的不良分子。"

"贴了标签的?"母亲闪着不无开心的眼神小声嘟囔,"说法有意思。既然贴了标签,反倒安全也说不定。就像脖子上拴了铃铛的小猫一样可爱。可怕的是没贴标签的不良分子。"

"或许。"

心里那个高兴、高兴啊,身体就像飘忽忽成了烟雾给天空吸上去了似的。你可明白?知道我为什么高兴?要是不知道……我得揍你!

真的,不能来这边玩一次?我主动让直治领你来,那好像不够自然,不正常。所以以你自己突发奇想路经这里的形式由直治领来也是可以的。不过尽可能自己来,并且是在直治去东京不在的时候。直治在,你就会被他拉走,你俩肯定去阿笑那里喝什么烧酒，别的无从谈起。我们家，好像世世代代都喜欢艺术家。名叫光琳①的画家，过去也长期住在我们京都家里，为隔扇画了很好看的画。所以，我母亲也一定欢迎你的来访。你大概在二楼西式房间里休息。请别忘了熄掉电灯。我一只手拿着小蜡烛爬上黑暗的楼梯……不行？太急了吧？

我喜欢不良，喜欢贴了标签的不良分子。而且我也想当贴了标签的不良分子。觉得此外好像没有我的活法。你是日本首屈一指的铁杆不良分子吧？最近又有很多人说你龌龊不堪、下流无耻，对你深恶痛绝，一再攻击——我从弟弟那里听说了，越来越喜欢上了你。你毕竟是你，想必有许多情人。但你会慢慢喜欢我一个人的。不知为什么，我总是有这样的感觉。和我在一起，每天你写作起来会很愉快。从小就常有人对我说"和你一起能忘记疲劳"。迄今为止，我从没感觉到被人讨厌。大家都说我是

---

① 光琳：尾形光琳（1658—1716），江户中期著名画家，创"光琳派"。尤工装饰画、描金画。

好孩子。因此,你也绝不至于讨厌我。

但愿能见一面。现在我已不需要什么回信了,就是想见你。由我去东京府上拜访怕是最容易见你的,但毕竟母亲像是病人,我是寸步不离的护士兼女佣,无论如何也做不到。拜托,请你过来这边。想见你一眼。只要见了,一切自会明白。请看我嘴巴两侧隐约的皱纹,请看世纪悲苦的皱纹。我的脸会比我的任何话语都能向你明确传递我胸间的情思。

最初给你的信中写了我胸间架起的彩虹。但那并非宛如萤火之光、或星光那般高雅美丽的光闪。若是那种迷离而遥远的情思,不至于让我这么凄苦而逐渐把你忘却。我胸间的彩虹是火焰之桥。那是足以把胸口烧焦的情念。纵使吸毒成瘾之人断了毒品时渴求毒品的心情,大概也不会这么难受。尽管我认为这并没有错、并非邪念,但蓦然想到我可能正在做一件傻里傻气的事,有时又感到不寒而栗,反省自己是不是疯了——这样的心情也是有不少的。不过,有时我也在冷静地制订计划。不是说笑,务请来这边一次。什么时候来都没关系。我哪里也不去，时刻等着你。请相信我！

再次见了，如果讨厌，届时请明说好了。我胸间的火焰是你点着的，要请你熄掉。靠我一个人的力气怎么也无法熄掉。反正得见面，见了，我就得救了。若是《万叶集》[①]或《源氏物语》[②]那个时代，我的请求原本不是什么大不了的事。我的希望是：当你的爱妾、当你孩子的母亲。

如果有人嘲笑这封信的话，那人就是嘲笑女人求生努力的人，嘲笑女人生命的人。我无法忍受避风港令人屏息敛气般滞重的空气。港外纵然是暴风骤雨，我也要扬起风帆。垂下的帆无一不是脏污的。嘲笑我的人必然都是垂下的帆，终究一事无成。

愁人的女人。但是，在这个问题上最愁的是我。对此全然不愁不痛的旁观者，把帆垂放下来任其松

[①]《万叶集》：日本奈良后期（公元756年前后）编撰的古代诗歌总集，全20卷，存诗约4500首。
[②]《源氏物语》：日本平安中期（公元1007年前后）由紫式部创作的长篇小说，有日本古典文学顶峰之誉。

垮垮脏兮兮,却对这个问题评头品足,那是很无聊的。我不愿意被人信口说成有什么什么思想。我没有思想。我从未从思想、哲学角度做过什么。

我知道,在社会上评价高、被尊敬的人全都是撒谎鬼、冒牌货。我不相信社会。唯独贴了标签的不良分子是我的同伴。贴了标签的不良。即使被绑在十字架上死去,我想也未尝不可。纵然万众责难,我也要能够反唇相讥:你们难道不是不贴标签的更加危险的不良分子吗?

你可明白?

恋情没有理由。仿佛搬弄事理的话讲得有点过多了。觉得似乎不过是在鹦鹉学舌地学弟弟罢了。一心等待你的到来。想再见你一次,别无他求。

等待。啊——,人的生活中虽有喜怒哀乐等种种感情,但那些占据的,恐怕只是人生活中的一点点百分比。其余百分之九十九都是等待。我在以肝肠寸断的心情迫不及待地等待幸福足音在走廊响起。空空荡荡。啊——,人的生活,这东西太严肃了。大家都为生下来这一现实而后悔。如此每天从早到晚空落落地等待什么，实在太惨了。而我则庆幸生下来了！啊，庆幸生命、庆幸人、庆幸人世。

阻挡去路的道德，能够排除吗？

五

我在今年夏天给一个男人写了三封信。但没有回音。无论怎么想,我都觉得此外没有别的活法。三封信里我直抒胸臆,把信投入邮筒的心情就像从悬崖顶端一头栽下惊涛骇浪。然而左等右盼都无回音。若无其事地向弟弟直治打探他的情况,弟弟也说他没什么变化,仍每晚喝酒,写的更加清一色是不道德的作品,似乎更加被世间的大人们鄙夷和憎恶。还劝直治涉足出版业云云。直治也大感兴趣,除了他,还另找两三个小说家当顾问,肯投资的人也有了等等等等。听得直治的话,似乎我所思恋之人的身边气氛一星半点儿也没有渗入我的气味。较之羞耻感,感觉到的更是人世这东西同我考虑的人世俨然截然不同的怪兽,单单我一个人被抛下不管。喊也好叫也好,都毫无反应。一种仿佛站在暮色苍茫秋日旷野中的、迄今从未品尝过的凄怆感朝我涌来。莫非这就是失恋那个东西不成？如此独立旷野当中，不久日落天黑，除了被夜露冻死，料想别无选择了——想到这里，欲哭无泪的恸哭剧烈拍打着双肩和胸口，感觉一阵窒息。

再不能这样下去了。无论如何我也要进京去见上原。我已经扬帆起航，不能久立原地不动。必须赶去应该去的地方——就在我开始暗暗下决心进京之时，母亲的情况变得不妙了。

一天夜里咳嗽得厉害，一量体温：三十九度。

"今天冷的关系吧？明天就会好的。"

母亲一边咳嗽一边小声说。可我觉得这不像是一般咳嗽，打定主意明天反正先请坡下村里的医生来看看。

第二天早上，烧退到三十七度，咳嗽也没那么厉害了。尽管这样，我还是去村医那里，说母亲最近一下子衰弱下来，昨晚开始发烧，咳嗽也好像跟平时感冒咳嗽不同，请他出诊。

大夫说一会儿就去。"这是别人送来的。"说着，从客厅角落木橱里拿出三个梨给了我。中午过后，大夫身穿白底蓝碎花和服外加短褂出诊来了。一如往常地认真听诊、摸诊。很久，朝我转过身，面对面对我说：

"不用担心。喝下药就会好的。"

我无端地觉得好笑，忍住笑问：

"打针怎么样呢？"

"没那个必要的吧？受了风寒，静静躺着不动，风不久就会跑走的。"

可是，母亲的烧一星期过后也没退。咳嗽倒是止住了，但烧不退：早上三十七度七，傍晚三十九度。大夫从那第二天就闹肚子歇息。我去拿药时告诉护士母亲病情不大好，请她转告大夫。但大夫还是回复说是普通的伤风感冒，不用担心，给了水剂和散剂。

直治依然跑去东京，十多天没回来了。我一个人实在心里没底，写明信片把母亲变化了的病情告诉和田舅舅。

一来二去烧到第十天，村里的大夫说他肚子终于好了,前来出诊。

大夫以看上去十分谨慎的表情对母亲的胸部进行叩诊。同时大声说道:

"明白了,明白了!"

说罢又朝我转过脸,面对面说:

"发烧的原因弄明白了。左肺出现浸润。不过不必担心。烧可能一时退不下去,不过只要静静躺着,就不必担心。"

果真那样?我半信半疑。但我既有溺水者扑抓稻草那样的心情,又有对村里大夫的诊断多少释然的感觉。

大夫回去后,我说:

"这下好了,妈妈。一点点肺浸润什么的,一般人都有的。只要打起精神挺住,很快就会好起来的。今年夏天气候不正常的关系。讨厌夏天,连夏花我也讨厌。"

母亲闭着眼睛笑道:

"说是喜欢夏花的人在夏天死去,我本以为自己也在今年夏天死去。因为直治回来了,所以活到秋天。"

即使那样的直治,也还是成了母亲赖以生存的支柱。想到这点,就让人难受。

"反正夏天已经过去了,就是说妈妈的危险期也过坎儿了。妈妈,院子里的胡枝子开花了!还有黄花龙牙、地榆、桔梗、黄背茅、芒草。院子完全成了秋天的院子。到了十月,肯定退烧的。"

我这么祈祷着。但愿九月这个闷热的所谓残暑时节快快过去。等到金菊绽放、天朗气清的小阳春天气接连不断,母亲的烧也定会退去,我也可以去找那个人了。说不定我的计划能像大朵菊花那样盛开怒放。啊——,但愿十月快快来到,母亲快快退烧。

给和田舅舅寄出明信片大约过了一个星期,由于和田舅舅的斡旋,以前当过御医的三宅老大夫带着护士从东京出诊来了。

因为老大夫同去世的家父也有交往,所以母亲显得十分高兴。而且,老大夫一向不讲究礼节、言语粗俗这点也好像很得母亲欢心。两人那天把看病丢在一边,兴致勃勃说起不见外的闲话。我在厨房做好布丁，拿到客厅一看，那时间里好像病已看完，老大夫把听诊器像戴项链一样胡乱挂在肩上，坐在客厅檐廊藤椅上，悠然自得地继续闲聊。

"我嘛，也进露天摊床站着吃乌冬面喽！无所谓好吃不好吃。"

母亲也以若无其事的表情眼望天花板听着。原来没什么事！我舒了口气。

"怎么样啊？村里的大夫说胸的左侧有肺浸润"我也陡然来了情绪，向三宅大夫询问。

老大夫没当回事似的轻轻说道：

"哪里，不碍事的。"

"噢，太好了，妈妈！"我由衷地微笑着招呼母亲，"大夫说不碍事的。"

这时，三宅大夫蓦地立起走去中式房间那边。看样子似乎找我有事，我悄悄紧跟在后面。

老大夫走到中式房间壁挂下停止脚步，说：

"听声音咯吧咯吧的！"

"不是肺浸润的？"

"不是。"

"支气管炎?"我眼睛早已湿了。

"不是。"

结核!我不愿意认为是结核。如果是肺炎、肺浸润和支气管炎,一定能以我的力量治愈。但是,若是结核,啊——,那怕是不行了。我觉得脚下正在崩塌。

"声音非常不好?听起来咯吧咯吧的?"

我心里发虚,开始啜泣。

"右侧左侧全部。"

"可妈妈还精神着啊!吃饭也说好吃好吃……"

"没办法了。"

"骗我!我说,是没那回事吧?多吃黄油鸡蛋牛奶,是会好的吧?身体有了抵抗力,烧就会退的吧?"

"嗯,不管什么,多吃就是。"

"是吧?是那样吧?西红柿每天也吃五六个呢!"

"呃,西红柿好。"

"那么,不要紧吧?会好的吧?"

"不过，这回的病说不定要命。还是做这样的打算为好。"

我觉得自己生来这才得知绝望墙壁的存在：以人的力量全然奈何不得的事在这世上是有很多的。

"两年？三年？"我颤抖着小声问。

"不清楚。反正已经无法可想了。"

接着，三宅大夫因为那天在伊豆的长冈温泉预订了旅馆，就和护士一起回走了。我送到门外。然后昏头昏脑折回坐在客厅中的母亲枕边，装出什么事也没有的样子对她笑笑。

母亲问：

"大夫怎么说的？"

"说只要烧退就没问题了。"

"胸部呢？"

"好像没什么大事。喏，就像上次得病时那样，肯定。眼看就会凉快下来，身体很快变好的。"

我想让自己相信自己的谎言，想忘掉要命这两个恐怖字眼。作为感觉，母亲的离去意味我的肉体也与之同时消失，无论如何都不能设想为事实。往下我要忘记一切,为自己的母亲做很多很多好吃的:鱼、汤、罐头、肝、肉汁、西红柿、蛋、牛奶、高汤、豆腐酱汤——要是有豆腐就好了——白米饭、糯米糕。大凡好吃的,什么都给母亲做,哪怕把我的东西统统卖光。

我起身走到中式房间。把中式房间的躺椅移到靠近客厅檐廊的位置坐下,以便能看见母亲的脸庞。躺着的母亲的脸庞看上去一点儿也不像病人。眼睛清澈动人,面色充满生机。每天早上规规矩矩起身去卫生间,又在洗澡房的三叠小房间自己梳头,穿戴整齐。然后返回客厅,坐在榻榻米上吃饭。饭后在榻榻米上躺躺坐坐。整个上午一直看报看书,发烧只限于午后。

"啊,妈妈精神着呢,肯定康复!"我在心中坚决否定三宅大夫的诊断。

等到十月菊花开的时候……如此思来想去时间里,我迷迷糊糊打起盹来。现实中见所未见的风景居然不时出现在梦中,啊,我又来到似曾相识的林间湖畔。我同身穿和服的男青年一起悄无声息地走着。整个风景仿佛笼罩在翠绿色的雾霭中。湖底沉有一座造型别致的白色的桥。

"哦,桥沉了!今天哪也去不成了。就在这旅馆里休息吧。空房间应该是有的。"

湖畔有一家石砌旅馆。旅馆的石墙被绿雾打得湿漉漉的。石门上用金字细细地刻着HOTEL SWITZERLAND①。读SWI时间里,蓦然想起母亲。母亲怎么样了呢?母亲也来过这家旅馆?我半信半疑。随即,同男青年一起钻过石门,进入前院。雾中的院子里,开着仿佛绣球花的大朵红花。小时候看见被面图案是散落着的鲜红的绣球花,曾无端地感到悲伤。现在得知,原来红色绣球花是真有的啊!

"不冷?"

"呃,一点点。耳朵给雾打湿了,耳孔里有点儿冷。"我笑着说。"母亲怎么样了呢?"

我这么一问,男青年非常慈悲地微微一笑,答道:

---

① HOTEL SWITZERLAND:瑞士旅馆,瑞士饭店。

"那位在这墓下。"

"哦!"我低低叫了一声。

是的,母亲已经不在了。母亲的葬礼不是早就结束了么?啊——,母亲已经去世了,我猛然意识到。旋即一种无可言喻的凄寂感让我浑身一抖,睁眼醒来。

阳台已经黄昏。正在下雨。翠绿色的凄寂感四下荡漾,一如梦中。

"妈妈!"我招呼道。

"做什么呢?"静静的应声。

我兴奋得一跃而起,走进客厅。

"刚才么,我睡了一觉。"

"原来睡了,以为你做什么呢。好长一个午觉。"母亲饶有兴味地笑了。

母亲优雅地呼吸着活着!这让我太高兴了、太庆幸了,不由得热泪盈眶。

"晚饭吃什么?可有特想吃的?"我以多少欢快的语声问道。

"可以了,什么都不想吃。今天,上到三十九度五了。"

我顿时垂头丧气,就那样无奈地怅怅环视若明若暗的房间。倏然,我不想活了。

"怎么回事呢?三十九度五!"

"没什么的。只是发烧前心里烦躁来着。头有点儿痛,发冷,接着发起烧来。"

外面已经暗了。雨好像停了,但刮起了风。我打开灯,正要去餐厅。母亲说:

"晃眼睛,别开灯。"

"在黑暗的地方一动不动躺着,不愉快的吧?"我站着问。

"反正眼睛闭着,一回事儿。一点也不寂寞的。晃眼睛反而让人不快。往下客厅里的灯就别再开了。"母亲吩咐。

这也让我产生了不吉祥感。我默默关掉客厅的灯,走去隔壁房间,打开相邻房间的台灯。感觉实在太孤单了,赶紧走进饭厅,把罐头里的鲑鱼拨在冷饭上吃着,眼泪啪嗒啪嗒掉了下来。

入夜,风越来越大。九时左右风雨交加,成了毫不含糊的暴风雨。两三天前卷起的廊前苇帘，发出乒乒乓乓的响声。我在客厅旁边的房间看卢森堡①的《经济学入门》看得异常兴奋。书是我从二楼直治房间拿来的。当时一起擅自拿来的有《列宁选集》，还有考茨基②的《社会革命》等书，放在旁边房间我的桌子上。母亲早上洗脸回来路过我的桌旁，目光忽然落在那三本书上，一一拿在手里看了看。转而轻叹一声，悄悄放回桌面，以凄楚的神情瞥了我一眼。

不过，眼神虽然充满深切的哀伤，但绝不是拒绝和厌恶的表示。母亲读的书是雨果③，大仲马小

---

① 卢森堡：罗莎·卢森堡（Rosa Luxemburg，1870—1919），波兰出生的马克思主义女思想家、革命家，创立德国共产党。主要著作有《资本积累论》等。
② 考茨基：卡尔·考茨基（Karl Kautsky，1854—1938），德国社会活动家，国际工人运动理论家，第二国际机会主义派别领袖之一，亦是马克思主义发展史中的重要人物。因反对布尔什维克，被列宁斥为修正主义者。
③ 雨果：维克多·雨果（Victor Marie Hugo，1802—1885），法国诗人、剧作家、小说家。代表作有《悲惨世界》《巴黎圣母院》等。

仲马①、缪塞②、都德③等等。而我知道,即使那类甘美的故事书中也有革命气味。像母亲那样天生有教养——说法固然不当——的人拥有那种东西,并没有什么意外,或许能作为理所当然之事迎接革命亦未可知。即使我,通过这样读卢森堡的书来装腔作势的念头也并非没有。尽管如此,我也还是以我的方式读得兴味盎然。这里所写的虽是经济学,但作为经济学读起来,实在枯燥无味,分明都是再浅显不过的事实。也可能因为我全然不能理解经济学为何物。总之对于我索然无味。人这东西都是吝啬的,并且永远吝啬——如果不以这个为前提,这门学问就根本无以成立。而对于不吝啬的人来说,分配问题也好什么也好,毫无兴趣可言。话虽这么说,可我读这本书还是在另一地方读出了奇妙的兴奋感。

---

① 大仲马小仲马:亚历山大·仲马父子(1802—1870,1824—1895)。大仲马著有《基督山伯爵》,小仲马著有《茶花女》。
② 缪塞:阿尔弗莱·德·缪塞(Alfred de Musset,1810—1857)法国诗人、作家。代表作有《夜歌》《一个世纪儿的忏悔》等。
③ 都德:阿尔丰斯·都德(Alphonse Daudet,1840—1897),法国作家,代表作有《雅克》《最后的一课》等。

那就是：这本书的作者毫不犹豫势如破竹破坏旧有思想的勇气。甚至无论多么违背道德也义无反顾跑去恋人那里的人妻形象也在我眼前浮现出来。破坏思想。破坏是哀伤、悲戚和美丽的东西。破坏、重建、完成，便是这样的梦。或许，一旦破坏，就永无完成之日。然而为了恋慕之情，也还是必须破坏，必须掀起革命。卢森堡苦苦恋慕着马克思主义。

那是十二年前的一个冬日。

"你是《更级日记》①少女啊，再说什么也没用。"

说罢离我而去的朋友。当时我把一本借而未读的列宁的书还给她。

"读了？"

"对不起，没读。"

地点是在能看见尼格莱教堂的桥上。

"为什么？什么原因？"

朋友比我还高一寸左右，语言天赋出众，戴一

---

①《更级日记》：菅原孝标女（1008—1059）著，大约成书于1059年，日本古典文学名著。以华丽哀婉的笔触记录了作者13岁至53岁的人生历程。

顶十分得体的红色贝雷帽。脸形被公认长得像蒙娜丽莎,顾盼生辉。

"不喜欢书皮颜色。"

"怪人!没有什么的吧?实际上是不是对我害怕了?"

"怕什么。我是受不了书皮的颜色。"

"是吗?"

她凄然说道。而后说我是《更级日记》,认定再说什么也没用。

我们默默向下看着冬天的河水,看了许久。

"多保重。如果这是永别,祝你永葆平安。拜伦[①]!"

对方随即用原文快速朗诵这句拜伦的诗,轻抱一下我的身体。

"对不起啊!"我难为情地小声道歉。

说完朝御茶水站走去。回头一看,那位朋友仍

---

① 拜伦:乔治·戈登·拜伦(George Gordon Byron,1788—1824),英国浪漫派杰出诗人。代表作有《恰尔德·哈罗德游记》《唐璜》等。所引诗句出自拜伦写给其妻的《诀别词》。

站在桥上，一动不动地注视着我。从此再未相见。虽然两人去同一位外国老师家学习，但就读的学校不同。

那以来十二年过去了。而我仍在《更级日记》中寸步未离。那期间我到底做了什么呢？既不曾向往革命，又不懂得恋爱。迄今为止，世上的大人们告诉我们革命和恋爱这两样东西是最愚蠢最龌龊的。战前也好战时也好我们都那样深信不疑。战败后，我们不再相信世上的大人，无论他们说什么都与之作对，并且觉得那样做才有真正的生路。转而认定革命和恋爱都是这世上最美妙的事情。正因为太美妙了，大人们才不怀好意地对我们谎说那是青葡萄。我宁愿坚信：人是为恋爱和革命而生的。

忽然，隔扇开了，母亲笑着探出脸来：

"还没睡？不困？"

看桌上的钟，十二点了。

"呃，一点也不困。看社会主义的书，一下子兴奋了。"

"噢。没有酒？那种时候喝酒躺下，倒是容易入睡……"

母亲虽然语气仿佛调侃，但神态总好像有一种同颓废一纸之隔的妩媚。

不久十月到了，却没有变得秋高气爽，类似梅雨时节的潮乎乎的闷热天气仍在持续。母亲的烧每天也仍然一到傍晚就在三十八度和三十九度之间上上下下。

一天早上，我所看见的让我惊惧起来：母亲的手肿了。说早餐好吃的母亲近来也仅仅坐在榻榻米上轻喝一小碗粥，菜和味浓的东西吃不下了。那天端来的是冬菇汤汁，可是就连冬菇味儿也好像受不了，碗端到嘴边，又原样悄悄放回餐盘。当时我看了母亲的手，吃了一惊：右手胀鼓鼓的，已经变圆了。

"妈妈！手、没什么的么？"

脸看上去也有些肿了，略略发青。

"没什么的，这样子、没什么的。"

"什么时候肿的？"

母亲神情像是怕晃眼睛似的，沉默不语。我恨不得放声大哭。这样的手不是母亲的手，是别的阿婆的手。我母亲的手是那么小巧那么纤细。那是我熟悉的手，优雅的手，可爱的手。那手莫非永远消失了？左手虽然还没肿到那个程度，但也不成样子，目不忍视。我转过眼睛，瞪着壁龛里的花篮。

我实在很难忍住眼泪，霍地起身走去饭厅。直治正一个人吃半熟鸡蛋。就算偶尔回伊豆这个家，晚上也必去阿笑那里喝烧酒。早上满脸不快，不吃饭，只吃四五个半熟的鸡蛋。吃完又上二楼躺躺歪歪。

"妈妈的手肿了……"

我告诉直治。随即低下头,没办法继续说下去。我低着头用肩头哭泣。

直治默不作声。

我扬起脸，抓着桌边说：

"已经不行了。你、没注意到？肿成那个样子，就不行了啊！"

"没几天了，那么说。瞧，麻烦事来了！"

"我想再治一次，想法治一次。"我用右手攥着左手说。

突然，直治一抽一抽地哭了起来。

"一件好事也没有，我们一件好事也没有啊！"他边说边用拳头胡乱揩眼睛。

这天，直治去东京向和田舅舅报告母亲的病情，接受今后的指示。我不在母亲身旁的时间里，几乎从早到晚哭个不止。晨雾中去取牛奶时也好，照镜子按头发或涂口红时也好，我总是不停地哭。和母亲度过的幸福时光中的种种样样的记忆像画一样浮现出来，不管怎么哭也哭不够。暮色上来后，我走到中式房间的阳台，久久吞声哭泣。秋天的夜空闪着星光，别人家的猫在脚下蜷缩着一动不动。

第二天，手肿得比昨天更厉害了。什么也不吃了。连橘汁也因口裂怕渗说不喝了。

"妈妈，再戴上直治那枚口罩？"

我本想笑着说的，但说着说着，难受得哇一声哭了起来。

"天天忙，累了吧？请位护士吧！"母亲小声细气地说。

我明白了,母亲担心我的身体超过担心她自己。心里更加难过,起身跑去洗澡房的三叠小房间尽情痛哭。

中午过不大一会儿,直治领着三宅老大夫来了,还有两位护士。

平时总开玩笑的老大夫,这时也像气恼似的三步并作两步走进病房,马上开始看病。并且自言自语似的低声说了一句:

"弱了啊!"

说着,打着一针强心剂。

"先生住哪里呢?"母亲梦呓似的说。

"还是长冈。订好了,别担心。别让病人操心别人的事,要更加顺她的心意,想吃什么就给吃什么,一定多吃。补充了营养,就会好起来的。明天还来。护士留下一个,尽管吩咐!"

老大夫对着病床上的母亲大声说罢,对直治使了个眼色,站起身来。

直治一个人送大夫和陪同的护士出门,很快折回。看他的脸色，显然是想哭而忍住不哭。

我们悄然走出病房，走去饭厅。

"不行了？是的吧？"

"白费劲啊！"直治扭歪嘴角笑道，"衰弱像是猛一下子加剧了。说是今天明天都难说。"

说话工夫，直治眼睛涌出泪来。

"不往四处打电报怕是不行吧？"我反倒镇定下来。

"这个，跟舅舅也商量了。舅舅说如今不是能那么招集人的时代了。就算请来了，一来这么狭窄的房子，反而失礼。二来这附近没有像样的旅馆，长冈温泉也订不起两三个房间。就是说，我们已经穷了，没有力量请那样的大人物来。舅舅倒是很快会来，但那家伙一向小里小气，根本指望不上。就连昨天晚上也把妈妈的病忘在一边，只顾对我说教个没完。因小气鬼的说教而幡然醒悟的人，古往今来都找不出一个例子。就算姐弟之间，妈妈和那家伙简直天壤之别。说起就烦。"

"不过，我倒也罢了。可你往下若不依赖

舅舅……"

"不稀罕!那还不如当乞丐。姐姐才要投靠舅舅的。"

"我……"我眼泪出来了,"我有地方去。"

"婚事?定了?"

"不不。"

"自力?劳动妇女?算了,算了!"

"也不是自力。我么,当革命家。"

"哦?"直治以诧异的神情看我。

这时,三宅大夫领来的护士叫我来了:

"太太好像有什么事。"

赶紧走到病房,坐在褥子旁边,凑近脸问:

"嗯?"

母亲像是想说什么似的沉默不语。

"水?"我问。

母亲微微摇头。不像是要水。

少顷,小声说道:

"做梦了。"

"梦?梦见什么了?"

"梦见蛇了。"

我一惊。

"檐廊脱鞋石上,有一条带红纹的母蛇,是吧?看!"

我感到身上发冷,当即立起走到檐廊。隔玻璃门看去,脱鞋石上有一条蛇在秋天的阳光下伸得长拖拖的。我一阵头昏目眩。

我知道你。你比那时多少变大了、老了,可你还是那条被我烧了蛇蛋的母蛇。你的复仇,我完全知道了。你那边,快去那边!

我在心中念叨着盯视那条蛇。蛇全然没有动的意思。不知何故,我不想让护士看见它,就唔一声跺了下脚,故意用不必要的大声说:

"没有啊,妈妈。梦那玩意儿靠不住的!"

说罢往脱鞋石那边瞥了一眼,蛇终于移动身体,不紧不慢地从石头上垂了下来。

完了,全完了!看见蛇,绝望这才涌上我的心底。父亲去世时也说枕边有黑色的小蛇。而且当时我也看见了,看见院子所有树上都缠满了蛇。

母亲好像已没力气坐起来了，总是似睡非睡昏昏沉沉的，身体已经整个交给了陪床护士。而且，看样子差不多什么也吃不下了。我看见蛇后，穿过悲伤底部的释然感——不知可不可以这么说——一种甚至类似幸福感的从容得以形成，心想往下只剩尽可能陪在母亲身旁这一件事了。

这么着，从第二天开始我就紧挨母亲枕边坐着针东西。织东西也好针线活也好，虽说我比别人快得多，但技术差。所以，母亲过去总是手把手地一一教我纠正差的地方。这天我本来没有什么心绪织东西，但为了即使紧贴母亲也不至于显得不自然——为了敷衍场面，也还是拿出毛线盒，专心致志地织了起来。

母亲定定注视我的手势说：

"是织你的袜子吧？那就要加上八针，不然穿起来会紧的。"

小时候无论母亲怎么教，我也织不好。想到像那时那么惶惑、那么羞愧、那么亲切地让母亲教自己也就仅此一回了，泪水禁不住模糊了眼睛，看不见织眼了。

这么躺着,母亲看上去一点儿也不痛苦。东西从今早开始就根本吃不下了,只用口罩浸了茶水不时为她润一下嘴唇。但母亲意识清醒,时不时慢声细语地跟我说话:

"报纸上好像有陛下照片,再给我看一次。"

我把报纸那个地方罩在母亲脸上。

"老了!"

"不,是这张照片不好。前些日子的照片十分年轻,一副欢快的样子。反而为这样的时代高兴吧?"

"为什么?"

"毕竟陛下也得到解放了嘛!"

母亲凄楚地笑了。片刻,说道:

"想哭也没有眼泪了啊!"

蓦地,我猜想母亲此刻怕是幸福的。所谓幸福感,应该像是沉在悲哀的河底而隐约闪光的砂金那样的东西吧?穿过悲哀的极限之后那若明若暗的奇特心情——如果这就是幸福感,那么,陛下也好母

亲也好以及我也好,此刻的确都是幸福的。静谧的秋日上午。阳光柔和的秋季庭园。我不再织东西,望着齐胸高的光闪闪的海面说:

"妈妈,这以前我是相当不通世故啊!"

本来有更想说的话,但不好意思被客厅一角做静脉注射准备的护士听见,就此打住。

"这以前……?"母亲淡淡笑着问,"那么说,现在可通世故了?"

我无端地满脸通红。

"不懂世故。"母亲转过脸去,自言自语似的小声说道,"我不懂的。懂的人是没有的吧?到什么时候都是孩子、什么都不懂的孩子。"

可是我不能不生存下去。或许是孩子,但也不能老是撒娇了。往下我必须同人世抗争!啊——,能够像母亲那样与世无争、无恨无妒地美丽而哀婉地度过人生的人,想必母亲已成绝响,以后的人世上再不存在了。死去的人是美丽的。活着,活下去——我觉得这似乎是非常丑陋、血腥、肮脏的事情。我在榻榻米上勾勒出怀孕后挖洞的蛇的样子。

但是,我有不能让我彻底死心的东西。哪怕卑劣也要活下去,要为了实现心愿而同人世抗争。随着母亲去世已成定局,我的罗曼蒂克和感伤也逐渐消失,而觉得自己正在变成不容掉以轻心的某种奸诈的动物。

这天偏午时候,我正在母亲身旁为她润嘴唇,门口有汽车停住。和田舅舅和舅母一起从东京坐车赶来了。舅舅走进病室,默默坐在母亲枕边。母亲用手帕掩住自己脸庞的下半边,目不转睛地看着舅舅,哭了。但只是表情哭,出不来眼泪,仿佛偶人。

"直治、在哪儿?"片刻,母亲看着我这边说。

我去二楼叫躺在西式房间看新出的杂志的直治:

"妈妈叫你!"

"啊——,又是断肠地?你可是真能在那里坚持,神经够强韧的,冷酷啊!我实在熬不下去。心是热的,可肉体受不住,根本没气力留在妈妈身旁。"

直治边说边穿起外衣,和我一起从二楼下来。

两人刚在母亲枕边并排坐下,母亲马上从被窝里拿出手,默默指向直治那边,接着指我,然后往舅舅那边转过脸,紧紧合起双手。

舅舅大大点头,说:

"啊,明白了,明白了!"

母亲显得放下心来,轻轻闭起眼睛,把手悄悄缩回被窝。

我哭了,直治也低头呜咽。

这时,三宅老大夫从长冈来了,姑且打了一针。得以见到舅舅,母亲也可能别无遗憾了,说道:

"先生,快让我安乐吧!"

老大夫和舅舅对看着,沉默不语,两人眼里闪着泪花。

我起身走去饭厅,做了舅舅喜欢吃的油豆腐乌冬面,加上大夫、直治、舅母的,做了四份端去中式房间。舅舅把丸之内饭店的三明治礼品给母亲看了,放在母亲枕边。

"忙吧?"母亲小声说。

大家在中式房间聊着。舅舅舅母说有事,今天无论如何也得返回东京,把慰问金纸包交给我。三宅先生也和护士一起返回,向陪床护士这个那个交代一番。说意识还清醒,心脏也没那么衰弱,光打针也能坚持四五天。于是大家暂且坐汽车撤回东京。

送走大家,走进客厅,母亲现出只对我笑的那种关切的微笑,用窃窃私语般细小的声音说:

"够你忙的吧?"

看上去,母亲的表情是那样生动,或者不如说是闪闪生辉。想必是得以见到舅舅感到高兴的缘故。

"不不。"

我也多少兴奋起来,微微一笑。

而这成了我和母亲之间说的最后的话。

此后大约过了三个小时,母亲去世了。一个静静的秋日黄昏,母亲由护士摸着脉,在直治和我仅两个至亲的守护下,日本最后一位贵妇人——美丽的母亲离开了人世。

死时表情几乎未变。父亲那时候面色倏然变了,而母亲的面色全无改变,只是呼吸停止了。停止得几乎察觉不出来。脸肿从前一天就已消了,面颊像蜡一样光洁滑润,薄薄的嘴唇略略扭着,仿佛微微含笑,比活着的母亲还要妩媚动人。感觉很像Pietà①的玛利亚。

---

① Pietà:意大利语,圣母怜子。圣母玛利亚怀抱耶稣的绘画。一般译为"圣母怜子图""圣殇"等。

六

战斗，开始。

不能永远沉浸在悲痛中。我有无论如何都必须为之战斗的东西。新的伦理。不，那么说有伪善意味。恋情，仅此而已。一如卢森堡不依赖新经济学就无以生存，我现在不依赖一种恋情就无法活下去。为了揭露人世间的宗教家、道德家、学者、权威人士的伪善，为了把神的真正爱情毫不犹豫地如实告诉人们，耶稣将其十二弟子派往四面八方——当时给弟子们的教导，我觉得同我的情况也并非毫无关系。

"腰带不要带入金银和钱币。不要带背囊，不要带两件内衣，也不要带鞋子和手杖。看吧！我派遣尔等犹如羊入狼群。为此，尔等要蛇一般聪慧，鸽子一般率性。对人们要警惕，因为尔等将会被他们送入众议所并在会堂遭受鞭笞,也会因我之故被拖到长官、国王的面前。尔等被他们交出时,不必担心说什么怎样说,该说的话届时我会教示尔等。因为说者不是尔等,是尔等乃父之魂在尔等心中所说。再者尔等要因我名为众人憎恨,然而忍耐到底的人会得救。尔等在此诚遭到迫害就逃往彼城。尔等尚未走完以色列诸城,人之子即会到来。

"不要害怕只能杀死身体杀不死灵魂的人,要害怕将身体和灵魂都杀死在炼狱的人。不要认为我是为给世上带来和平而来,并非为和平,而是为动干戈而来。我是为让人与其父、女儿与其母、媳妇与其公婆失和而来。家人就是其仇敌。爱父母胜于爱我者,爱子女胜于爱我者,不适作我的门徒;不背负自己的十字架跟随我者,也不适作我的门徒。得生命者,会失去生命;为我失去生命者,将失而复得。"①

战斗,开始!

---

① 引号内两段抄自《新约全书·马太福音第十章》部分汉译。

假如我为了恋情而发誓一定不打折扣地遵循耶稣的这一教导，估计耶稣要训斥我的。为什么"恋情"坏而"爱情"好呢？我不明白。我总觉得彼此彼此。为了不明不白的爱情，为了恋情，为了那种悲伤而能将身体和灵魂在炼狱中毁灭之人——啊，我想断言那就是我。

由于舅舅们帮忙，在伊豆为母亲举行了仅有亲人参加的葬礼，正式葬礼是在东京举行的。之后直治和我在伊豆山庄过着互相见面也不开口那样莫名其妙的尴尬生活。直治口称作为出版业资金，将母亲的珍珠宝石统统拿走。在东京喝累了，就大病一场似的以苍白脸色摇摇晃晃返回伊豆山庄睡觉。一次领一个年轻舞女模样的人回来，直治也到底有些难为情。于是我说：

"今天我去东京可好？想去朋友那里玩一次，好久没去了。住两三个晚上，你看家。饭可以劳那位做。"

我不失时机地抓住直治的弱点，正所谓像蛇一般聪慧。我把化妆品和面包之类塞进手袋，得以顺理成章地去东京见那个人。

在东京郊外"省线"①荻洼站北口下车后,从那里步行二十分钟左右就能到那个人战后的新住宅。这点早就从直治口中有意无意打听好了。

那是个寒风凛冽的日子。在荻洼站下车时四周就已暮色苍茫了。我不时拦住来往行人告以那个人的住址,打听方位。在黑乎乎的郊外小巷里差不多转了一个小时,转得实在心慌意乱,眼泪都出来了。接下去给沙石路的石头绊了一下,木屐带一下子断了。正当我不知所措地呆立不动时,倏然,右侧两座长筒屋中一座的名牌在夜色中也白莹莹闪入眼帘,上面似乎写的是上原。我一只脚只穿着布袜跑到那家门口,仔细一看,分明写的是上原二郎。房子里黑不见光。

怎么办呢?我再次呆立片刻,而后以豁出去的心情,扑过去似的紧紧靠住木格门。

"请问有人吗?"我边问边用双手指尖抚摸木

---

① "省线":当时日本中央政府运输省(运输部)经营的铁路线。

格。"上原先生……"我悄声自语。

有回音。但那是女子的声音。

房门从里边开了,一个带有旧时风韵的比我大三四岁的长脸女子从门口幽暗中轻轻一笑:

"哪位啊?"

问话语气一无恶意二无戒心。

"啊不,我……"

可我未能说出自己的姓名。在这个女子面前——只在这个女子面前——我的恋情也好像奇妙地让我觉得内疚起来。我战战兢兢,几乎低声下气地问:

"先生呢?不在府上?"

"是的。"对方应道,随即以怜悯的神情看着我说,"不过,去的地方大多是……"

"去远处了?"

"不。"对方觉得好笑似的单手捂住嘴。"荻洼。您到站前名叫白石那家关东煮餐馆那里问问,我想一般都会知道他去了哪里。"

"啊,是吗?"我恨不得飞奔而去。

"哦,您脚上穿的……"

在太太劝说下,我走进门,坐在地台上,从太太手里接过木屐带断时能简单修复的专用皮绳——不妨称为轻便木屐带——修好了木屐。这时间里太太点燃蜡烛拿来门口。

"不巧,电灯泡两个都坏了。近来电灯泡贵得出奇,还容易烧坏。丈夫在家可以让他买来,但昨天晚上前天晚上都没回家。我们又身无分文,早早睡了三个晚上。"

太太说着,发出由衷欢快的笑声。太太身后站着一个大眼睛女孩,苗苗条条,感觉上似乎很少和人亲近。

敌人!我诚然不这么认为,但这位太太和孩子肯定迟早将我视为敌人,憎恨我。这么一想,我的恋情也好像暂时冷静下来。我换上另一条木屐带,起身啪哒啪哒拍打双手,拍掉手上的灰。这时间里,一种凄凉感猛然涌满四周。我忍耐不住,身体一下接一下剧烈摇晃,恨不得跑上客厅,在一片漆黑中抓住太太的手哭一场。但我蓦然,想到自己往下那

装模作样无可言状的尴尬形象,于是就此打住,转而诚惶诚恐地表示感谢:

"实在太谢谢了!"

走到外面,一阵冷风吹来。战斗开始了。爱恋,喜欢,仰慕。真的爱恋,真的喜欢,真的仰慕。因为爱恋,别无选择。因为喜欢,别无选择。因为仰慕,别无选择。那位太太确实是一位世所罕见的好人,那位小女孩儿也够漂亮。可是,即使站在神的审判台上,我也全然不为自己感到羞愧。人是为恋爱和革命而生的,神不可能加以惩罚。我丝毫不坏。因为真的喜欢才无所顾忌。哪怕两三个夜晚露宿街头也要看那个人一眼,一定!

站前名叫白石的那家关东煮餐馆很快找到了。但那人不在。

"在阿佐谷,肯定。沿阿佐谷站北口一直走,噢——,有一丁半①吧?有一家五金店,从那里右拐,大约再走半丁,有一家名叫柳屋的小餐馆。先

---

① 一丁半:丁(町),日本传统距离单位,1丁相当于109米。

生近来和柳屋的阿舍打得火热,泡在那里不动,不得了啊!"

去车站买了票,坐上开往东京方向的省线,在阿佐谷下来。沿北口走一丁半左右,从五金店那里右拐走了半丁就是"柳屋"。里面悄无声息。

"刚刚回走。一伙人,说往下去西荻千鸟阿婆那里喝到天亮。"

对方比我年轻,从容、典雅、热情。莫非这就是同那个人打得火热的阿舍?

"千鸟?西荻哪边?"

我心慌意乱,险些落泪。忽然觉得自己现在怕是疯了。

"不是很清楚,好像在西荻站下来往南口左边去。反正一问交警就会知道的。毕竟是只喝一家喝不够的人,去千鸟之前又黏在别的什么地方也说不定。"

"去千鸟看看。再见!"

又倒了回来。从阿佐谷乘省线去立川方向,过了荻洼,在西荻洼站南口下来。在寒风中转来转去。找到交警,问了"千鸟"方位。然后连走带跑地上了交警说的夜路，发现"千鸟"的蓝色灯笼后，一把拉开木格门。

里面有块拖鞋的空地，紧接着的是六叠大小的房间，吸烟吸得雾蒙蒙的，十来个人围着房间里的大矮桌，七嘴八舌哇哇叫着喝得正欢。比我年轻的女孩也有三个混在里面，吸烟、喝酒。

我站在拖鞋处，放眼打量。看见了。感觉像在做梦。不是做梦。六年了。判若两人。

这就是我的彩虹、我赖以寄托人生的那个人吗？六年。蓬松的头发固然一如当年，但可怜兮兮地成了红褐色，也稀薄了。脸色蜡黄、浮肿，眼圈溃烂发红，前牙脱落，嘴巴不断地一鼓一瘪。感觉上活像一只老猴子弓腰坐在房间角落。

一个女孩问我一句，用眼睛告诉上原我来了。那人仍坐着不动，伸长细脖往我这边看。毫无表情，用下巴示意上来。满座的人对我好像无动于衷，继续大声喧哗。但到底稍微往一起挤了挤，在上原右侧为我挤出空位。

我默默坐下。上原往我杯里满满、满满倒了一

玻璃杯酒。又往自己杯里加上,用嘶哑的声音低低说道:

"干杯!"

咔嚓,两只杯有气无力地碰出悲戚的声响。

积劳身、积劳身、休了休了心——有谁说道。另一个与之呼应:积劳身、积劳身、休了休了心。咔嚓,随着很大的碰杯声,一饮而尽。积劳身、积劳身、休了休了心,积劳身、积劳身、休了休了心——到处响起这乱七八糟的歌声,碰杯声响成一片。他们便是用这种荒唐透顶的节奏撒欢起哄,赌气似的往喉咙里灌酒。

"那么,失陪了!"

刚有一人这么说罢回去,马上有一个新客闷声进来,朝上原点了下头,填空坐下。

"上原,那里的……上原,就是那里啊啊啊那个地方,那该怎么发音好呢?是啊、啊、啊,还是啊啊、啊?"

欠身这么发问的,确是我也在舞台上见过的新剧演员藤田。

"是啊啊、啊。啊啊、啊,千鸟的酒不便宜啊——就是这个感觉。"上原说。

"老是钱、钱。"一个女孩接道。

"两只麻雀一分钱,这,是贵呢,还是便宜呢?"一位年轻绅士开口了。

"一来有'若不还清最后一文钱①这个说法,二来有人出五他连得②、有人出两他连得、有人出一他连得这个麻烦得要命的比喻——耶稣算起账来也够精细的!"另一位绅士说。

"况且,那家伙是个酒鬼!我曾突发奇想,猜想《圣经》里面有很多关于酒的比喻,果不其然,上面指责说:'瞧,嗜酒的人!'③既然不说喝酒的人,

---

① 若不还清最后一分钱:语出《新约全书·马太福音第五章第二十六节》,"若不还清最后一文钱,你断不能从那里出来"。耶稣以此告诫弟子们不可抱怨和动怒。
② 他连得:古希伯来人货币单位,一他连得相当于一千银。耶稣以这一比喻鼓励信徒忠心侍主。具体请参阅《新约全书·马太福音第二十五章第十四~第三十节》。
③ 瞧,嗜酒的人!参阅《新约全书·路加福音第七章第三十三~三十四节》。中译本为:"施洗礼的约翰来,不吃饼,不喝酒,尔等说他是被鬼附上身。"

而说'嗜酒的人',那么笃定喝得相当厉害。至少喝一升吧?"第三位绅士继续下文。

"算了,算了!啊啊、啊,尔等惧怕道德就拿耶稣当幌子。小千枝,喝!积劳身、积劳身、休了休了心。"

上原同最年轻漂亮的女孩咔嚓一声使劲碰杯,猛喝一口,酒从嘴角滴落下来。嘴巴湿了,气急败坏似的一巴掌狠狠擦去。随后连打了五六个喷嚏。

我悄然起身,走到隔壁房间,向似乎有病在身的面色苍白、瘦弱的老板娘问了洗手间。回来再次通过那个房间时,刚才那个最年轻漂亮名叫小千枝的那个女孩以等待我的姿势站在那里。

"肚子不饿么?"女孩亲热地笑着问。

"不饿。我带面包来的。"

"什么吃的也没有……"像是病人的老板娘懒洋洋侧身歪在长火盆上说。"在这个房间吃东西吧!陪那帮酒鬼,整夜都什么也吃不上。坐坐,坐这儿来。小千枝也一起坐。"

"喂,阿绢,酒没了!"隔壁一个绅士喊道。

"来啦来啦!"身穿条纹别致的和服、三十光景的名叫阿绢的女招待答应着从厨房走出,托盘上放着十个酒壶。

"来一下,"老板娘叫住阿绢,"这儿也放两壶!"老板娘边笑边说,"还有,阿绢,对不起,再去后街铃屋拿两碗乌冬面来,越快越好。"

我和小千枝在长火盆旁边并排坐下,伸手烤火。

"围上被子,天冷了。不喝点儿?"

老板娘往自己碗里倒了壶里的酒,又另外倒了两碗。

这样,我们三人默默喝着。

"都够能喝的啊!"

不知何故,老板娘的语气很有关切意味。

咣咣啷啷开房门的声音传了过来。

"先生,拿来了!"一个年轻男子的语声。"总之,我们社长是铁公鸡一毛不拔,讨两万,好歹给一万。"

"支票?"上原沙哑的语声。

"不，现金。抱歉。"

"啊，也罢，写收据就是。"

"积劳身、积劳身、休了休了心"那干杯的歌声，这时间里也在酒桌上无休无止。

"直治呢？"老板娘神情认真地问小千枝。

我心头一抖。

"不知道，我又不是他的看守。"小千枝狼狈起来，脸红了，红得可爱。

"这段时间，和上原之间是不是发生不愉快了？原本总在一起的。"老板娘沉静地说。

"听说喜欢上了跳舞，舞女恋人什么的也有了。"

"直治这人，唉，酒加女人，够伤脑筋的啊！"

"老师教的！"

"不过，直治禀性也成问题，那么一个落魄公子哥儿……"

"我说……"我微笑着插嘴。再不作声，觉得可能反倒对两人有失礼貌了。"我是直治的姐姐。"

老板娘显出吃惊的样子，重新看我。小千枝则不以为然：

"脸长得很像的嘛！看你站在门口黑乎乎的地方，我就心里一惊，莫不是直治……"

"原来是这样！"老板娘换一副语气说，"跑来这么寒碜的地方，够难为你的。那么？和那个上原以前就……"

"不，六年前遇见的……"我说不下去了，低下头，几乎落泪。

"让你们久等了！"

女招待端来了乌冬面。

"吃吧，趁热。"老板娘劝道。

"就不客气了。"

我一头扎进乌冬面的热气，吐噜吐噜啜着面条，觉得自己这时才算体会到人生寂寞的极限。

积劳身、积劳身、休了休了心，积劳身、积劳身、休了休了心……上原一边低声哼着，一边走进我们的房间，扑通一声盘腿坐在我的身旁，一声不响地把一个大信封递给老板娘。

"就这么点儿，剩下的可不许耍赖哟！"老板

娘看也不住信封里看就塞进长火盆的抽屉①,边笑边说:

"还你就是。其他的,明年!"

"那种话!"

一万元。有一万元,能买多少电灯泡呢?即使我,有一万元也能轻松过一年。

啊,这些人哪里不正常!可是,他们也可能和我恋爱时一样,不这样就活不下去。既然生在了这个人世,那么无论如何也要挣扎活下去——果真如此,这些人挣扎求生的形象也怕是不应憎恶的。活着。生存着。啊——,这是何等让人气喘吁吁不堪忍受的艰难作业啊!

"反正嘛,"隔壁一位绅士说道:"往后要想在东京生活下去,如果不能满不在乎地说出'您好'这种轻薄透顶的寒暄话,那无论如何是不行的,是吧?现在向我们要求什么稳重啦诚实啦那种美德,

---

① 长火盆的抽屉:日语作"长火钵"。火盆置于长方形木箱中间部位,木箱两端和下端带抽屉。

好比上吊时往下拽人家的腿。稳重?诚实?呸,活见鬼!那岂不根本活不成了?假如不能顺口说出'您好'来,往下只有三条路:一条是回家种田,一条是自杀,再一条就是当情夫!"

"哪一条都做不到的可怜家伙,至少还有一个手段,"另一位绅士说,"围着上原二郎一醉方休!"

积劳身、积劳身、休了休了心,积劳身、积劳身、休了休了心。

"睡觉的地方、没有的吧?"上原自言自语似的低声说道。

"问我?"

我在自己身上意识到一条抬起镰刀头的蛇。敌意。我以近乎敌意的情感绷紧自己的身体。

"男女挤着睡能行吗?冷的!"上原没有注意到我的愠怒,嘟囔说。

"那不适合吧?"老板娘插嘴道,"那太可怜了。"

"哼!"上原咂一下舌,"既然那样,何必来这种地方!"

我沉默不语。此人显然看了我的信。并且比谁都爱我——我从他话语的口气当即觉察出来。

"没办法啊！去福井那里说说吧。小千枝，能领去吗？不成，两个女人，路上危险，麻烦透了！老板娘，把她脚上穿的悄悄拿去厨房那边，我送过去。"

看样子外面已是深夜。风多少收敛了，满天星光。我们肩并肩走着。

"我，挤着睡也好什么也好，本来都可以，可你……"

"呃。"上原只此一声，语声含有困意。

"是想两人单独在一起吧？是吧？"我说罢笑了。

"所以才不愿意。"上原扭起嘴苦笑。

我深切地意识到他非常疼爱自己。

"喝得可真不少啊，天天晚上喝？"

"是，天天，从早到晚。"

"好喝？酒？"

"不好喝。"

不知为什么，上原的语声让我不寒而栗。

"写作呢?"

"不妙。写什么都觉得荒唐可笑,徒然落得悲伤,走投无路。生命的黄昏,人类的黄昏,艺术的黄昏——这也是故弄玄虚吧?"

"郁特里罗①。"我几乎下意识地脱口而出。

"啊,郁特里罗,应该还活着吧?酒精的牺牲品,死尸。那家伙最近十年的画,俗不可耐,一文不值。"

"不光郁特里罗吧?其他大师也全都……"

"是的,叶落枝枯。问题是,新芽也枯了,芽枯。霜,Frost②。整个世界都好像提前霜降了。"

上原轻轻搂过我的肩,我的身体被上原的和服披风袖子包拢起来。但我没有拒绝,反而紧紧贴住,缓缓移步。

路旁的树枝。一片叶也没有的树枝细细尖尖刺

---

① 郁特里罗:莫里斯·郁特里罗(Maurice Utrillo,1883—1955),法国画家,19岁时因酗酒无法外出工作,遂在母亲支持下绘画。作品有《蒙马尼风景》《寂静的死胡同》等。
② Frost:英语,霜。

向夜空。

"树枝好漂亮啊!"我情不自禁地自言自语。

"唔,花与漆黑树枝的谐调……"他不无狼狈地说。

"不,我,喜欢这样的树枝,没花没叶没芽,什么也没有。可仍在好好活着,是吧?和枯枝不同。"

"唯独自然不枯?"说着,上原接连打了好几个喷嚏,打得好凶。

"莫不是感冒了?"

"不然不然,非也非也。实不相瞒,这是我的怪癖。醉酒醉到饱和点,转眼就打这样的喷嚏,就像醉酒检测仪。"

"恋爱呢?"

"哦?"

"有人的吧?那位让你进入饱和点的。"

"什么呀,别寻我开心。女人,统统一样,唧唧歪歪受不了。积劳身、积劳身、休了休了心。其实一个、不、半个还是有的。"

"我的信,看了?"

"看了。"

"回复呢?"

"我不喜欢贵族。死活都有让人接受不了的傲气。你的弟弟直治也不例外,作为贵族,那是相当了得的人,但时不时忽然现出多少自命不凡的地方,实在让人交往不下去。我是乡下平民百姓的儿子。每次从这样的小河旁经过,都会想起小时候在故乡小河里钓鲫鱼和捞鳉鱼的往事,心里难过得不行。"

我们走的路旁就是一条小河,河水在夜幕下面发出轻微的声响。

"但是,你们贵族绝不会理解我们的这种感伤。不仅理解不了,还加以轻蔑。"

"屠格涅夫[①]呢?"

"那家伙是贵族,所以不喜欢。"

[①] 屠格涅夫:伊凡·谢尔盖耶维奇·屠格涅夫(Ivan Sergeevich Turgenev, 1818—1883,俄国文学家。代表作有《猎人笔记》《贵族之家》《前夜》等。《猎人笔记》颂扬了劳动人民的优秀品德和聪明智慧。

"不过,《猎人笔记》……"

"唔,那个倒还可以。"

"那个写的就是农村生活的感伤……"

"那小子是乡下贵族——在这里妥协好了!"

"现在我也是乡下人,种田种菜。乡下的穷人。"

"现在也喜欢我?"上原语气粗暴起来,"想要我的孩子?"

我没回答。

上原的脸以岩石下山之势逼来,不由分说地吻住我。那是带有性欲味儿的吻。我一面接受一面流泪。那是类似屈辱和懊恼的苦泪。泪水涟涟而下,任凭多少都流不完。

两人继续边走边聊。

"遭了,迷恋上了。"说着,对方笑了。

但我笑不出,蹙起眉,噘着嘴。

无可奈何。

倘用语言表达,便是这样的感觉。我察觉自己拖着木屐的步法很不成样子。

"糟了!"对方再次说道,"任其自然好了!"

"装腔作势。"

"你这家伙!"

上原一拳头打在我肩上,再次打了个大喷嚏。

姓福井的人家,家人都好像已经睡了。

"电报,电报,福井君,电报来了!"上原大声喊着,敲福井家房门。

"上原?"

里面响起一个男人的语声。

"正是。王子和公主请求留住一夜。这么冷,老是打喷嚏,好不容易的私奔,看来也要成滑稽剧了。"

房门从里边开了。早已年过半百的小个子秃头老人身穿时髦的睡衣,以仿佛诡异而羞报的笑脸迎接我们。

"拜托!"如此说罢,上原披风也不脱一溜风闯进屋来。"画室太冷,不成。借住二楼。过来!"

上原拉起我的手,穿过走廊,爬上尽头的楼梯,走进黑暗的客厅,啪一声打开房间一角的开关。

"好像餐馆房间似的。"

"唔，暴发户情趣！不过，那么差劲儿的画家也不配住。厄运都给他逃过了，没遭战火。不能不利用。好了，睡吧睡吧。"

上原像在自己家似的，擅自打开壁橱，拿出被褥铺了。

"睡这里。我回去。明早来接。厕所下楼，就在右边。"

噔噔噔噔，上原像滚下楼梯似的带一阵响下楼去了。旋即，万籁无声。

我再次按下开关，熄掉灯，脱去用父亲从外国买回的衣料做的天鹅绒风衣，里面只把衣带解了，仍身穿和服钻进被窝。累了，加上喝酒的缘故，浑身乏力，很快迷迷糊糊睡了过去。

不知什么时候，那个人睡到了我身旁……我没作声，殊死挣扎了差不多一个小时。

蓦地觉得可怜，于是作罢。

"若不这样，不会安心的吧？"

"噢，算是吧。"

"你是不是把身体弄坏了？咯血了吧？"

"你怎么知道的?说实话,近来咯得相当厉害,但谁也没告诉。"

"身上有一种和我母亲去世前相同的气味儿。"

"以一死之心喝的。活着实在太悲哀了。惆怅啊寂寞啊——不是那么可进可退的东西,是悲哀。当四面墙壁传来的都是阴森森的长吁短叹声音的时候,不可能有专门属于自己的幸福的吧?自己的幸福也好荣光也好,有生之年绝不会有了——当一个人明白了这点,那会是怎样的心情?努力?那东西只是饿狼的食物!认真的人多着呢!装腔作势?"

"不。"

"只是恋情吧,就像你信上说的。"

"是的。"

我的恋情消失了。

天亮了。

房间隐约变亮。我细细端详我身旁睡着的那个人的睡相:一张快要死去之人的脸,一张筋疲力尽的脸。

牺牲者的脸。高贵的牺牲者。

我的人。我的彩虹。我的孩子。可恨的人。狡猾的人。

又觉得他的脸那么、那么美,近乎世间独一无二的美。恋情仿佛重新醒来,胸口怦怦直跳。随即摸着他的头发,主动吻了他。

悲恋、悲情之恋终成正果。

上原闭着眼睛抱我:

"走火入魔啊,我可是平民之子。"

再不离开他!

"我,现在是幸福的。即使四面墙壁传来叹息声,我现在的幸福感也处在饱和点。幸福得几乎打喷嚏。"

上原呵呵一笑:

"可是,已经晚了,日落天黑。"

"早上!"

这天早上,弟弟直治自杀了。

七

直治的遗书。

姐姐！
不行了，先走了。
我完全不明白自己为什么必须活着。
想活的人，活着好了。
一如人有活的权利，人也应有死的权利。
我的这种想法，谈不上有什么新意。人们只不过害怕把这种理所当然的再简单不过的事直截了当说出来罢了。

想活下去的人，无论做什么事都应该坚定活下去。那是很了不起的，人的桂冠——不妨这样称之——也必定存在于此。但是，我以为死也并非罪过。

我，我这棵小草难以在世间的空气和阳光中活下去，缺少让我活下去的某个位置。缺乏。别看我这样，活到现在也已竭尽全力。

上高中以后，我才得以和自己所属阶级截然不同的阶级中成长的强有力的草根朋友交往，为了不被其气势所压倒和征服，我开始使用毒品，以半发狂的状态与之抗争。后来当了兵，在那里也以鸦片作为求生的最后手段。姐姐想必不理解我的这种心情。

我想变得粗俗，想变得强大，不，变得强暴。以为那是能成为所谓民众之友的唯一途径。而若靠酒，无论如何也做不到。必须让自己总是头晕目眩才行。为此，除了毒品别无他法。我必须忘记家庭，必须反抗父亲的血统，必须拒绝母亲的优雅，必须对姐姐冷漠。不然便无法得到进入民众房间的入场券。

我变得粗俗起来，开始使用粗言秽语。但是，其中一半，不，百分之六十是可怜的临时镀金，是拙劣的小技。对于民众来说，我仍是虚张声势装模作样令人拘谨的人。他们根本不肯真正推心置腹地接纳我。可是时至如今，我又不可能返回已然抛弃的沙龙。我现在的粗俗纵使百分之六十是人工临时镀金，那也毕竟有百分之四十是货真价实的粗俗。对于所谓上流沙龙那声名狼藉的高雅，我已感到作呕，一刻也忍受不了。并且，那些所谓头面人物或达官显贵，想必也要为我的失礼举止目瞪口呆，马上把我赶走。无法回归已然抛弃的世界，而民众只给了我充满恶意和虚情假意的旁听席。

无论何时何地，我这样没有生活能力而有缺陷的小草，命运恐怕都只能在不具有思想什么也不具有的状态中自消自灭。但是，我也多少是有道理的。我感觉出了自己无论如何也难以存活的情由。

人都是同样的。

这真是思想吗？发明这句不可思议的说法的，我觉得既不是宗教家、哲学家，又不是艺术家。而是从民众酒馆里冒出的话。不知何时像涌蛆一样从哪个人嘴里说出来的，咕咕嘟嘟鼓涌不止，覆盖了全世界，让世界变成令人不快。

这一不可思议的说法,同民主主义,又同马克思主义了不相干。那一定是酒馆里丑男子朝美男子狠狠砸去的说法。仅仅是焦躁、嫉妒。全然不是思想,什么也不是。

然而,酒馆那妒火中烧的怒吼居然以貌似思想的面孔在民众中大行其道。尽管说法同民主主义同马克思主义毫不相关,然而不知不觉之间一把抓住其政治思想和经济思想,使之处于异常低劣的状态。即使梅费斯特①,说不定也会为将这种信口雌黄置换为思想的把戏最终感到良心有愧,止步不前。

人都是同样的。

这是多么自轻自贱的说法啊!贬低别人,同时贬低自己。毫无自尊可言,置一切努力于不顾。马克思主义主张劳动者的优越地位,并没说什么同样。民主主义主张个人的尊严,也没说什么同样。只有妓院皮条客才说:"嘿嘿,再装模作样不也是同样的人吗?"

---

① 梅费斯特:歌德名作《浮士德》中魔鬼的名字。

为什么说同样？为什么不能说优秀？奴隶劣根性的报复！

我可是认为这个说法实在太猥琐、太可怕了。它让人互相提心吊胆，所有思想被强奸，努力被嘲笑，幸福被否定，美貌被玷污，光荣被颠覆。所谓"世纪的不安"，我认为即是发端于这一不可思议的短句。

我一边讨厌这个说法，一边同样受其威胁，为之不寒而栗。无论做什么都羞赧愧疚，惶惶不可终日，战战兢兢，进退失据。索性依赖于酒、毒品造成的眩晕，为得到片刻的宁静而胡作非为。

是够脆弱的吧？是一棵某处有重大缺陷的小草吧？何况，就算偶尔争辩几句，恐怕也还是要给那皮条客嘲笑：什么呀，本来你就是拈花戏草之徒嘛！一口一个懒汉、色鬼、自私自利的浪荡公子……给对方那么一说，以往我总是感到羞愧，含含糊糊点头，但在临死之际，我想表示一下抗议。

姐姐！

请相信我！

我就是寻欢作乐也全然不觉得快乐。也许得了"快乐阳痿症"。我只是想从贵族这个自身影子中逃离出来,所以才发狂,嬉戏,放纵。

姐姐!

我们果真是有罪的么?生在贵族之家是我们的罪吗?仅仅因为生在这样的家庭,我们就不得不终生——比如像犹大①的家属那样——惶恐,谢罪,在羞愧中活下去。

我早都应该死了。但有一点,那就是妈妈的爱。想到这点,我没办法死。人在拥有生存权利的同时,拥有可随时随意死去的权利。但我认为,"母亲活着"期间,死的权利必须置后。因为那意味同时杀死"母亲"。

现在我即使死了,也没有人悲伤得哭坏身体。不,姐姐,我知道,知道失去了我的你们的悲伤会是怎样的程度。不不,矫饰性感伤就免了吧!知道

---

① 犹大:耶稣十二门徒之一,因出卖耶稣而被作为背信弃义之徒记入《圣经》。亦泛指叛徒。

我的死，你们肯定要哭。但是我想，如果你们想到我的活着的痛苦，想到我从那讨厌的生（vie）①中完全解脱的快乐，你们的悲伤就会逐渐消失。

而不给我以任何帮助，仅仅用口头洋洋得意地指责我的自杀，说无论如何都应活下去的人——那种人肯定是劝陛下开水果店都能满不在乎的大人物。

姐姐！

我还是死了好。我没有所谓生活能力，没有为钱与人争斗的能力。甚至蹭吃蹭喝的事都不会。和上原交游，我那部分的开销也总是我自己付。上原极不高兴，称之为贵族狭隘的自尊心。可我不是出于自尊心付款，而是因为我害怕用上原写作赚得的钱来胡乱吃喝和找女人，那我怎么也做不到。就算简单说是因为尊敬上原的写作，那也是说谎。其实就连我自己也稀里糊涂。只是心里害怕让别人请客。尤其用那人赤手空拳挣得来的钱白吃白喝，那让我

---

① 生（vie）：vie是法语，意为"活着"。

心里难受，痛苦，受不了。

还有那个出版业计划——从自己家里拿走钱财、让妈妈和你伤心、我本身也毫不快乐的计划，也纯属遮羞掩丑的假门面，实际上根本没那个心思。纵然真心做起来，像我这样甚至无法吃请的人，也是完全、完完全全赚不到钱的。我就是再蠢，这点儿事也还是觉察得到的。

姐姐！

我们穷了。活着的时候，本想请人吃喝，可惜已经到了不由别人请就活不下去的地步了。

姐姐！

我何必再活下去呢？我走投无路，我得死。有让我轻松死去的药，当兵时弄到手的。

姐姐漂亮（我为有漂亮的母亲和姐姐自豪），而且聪明贤惠。对于姐姐，我一点也不担心，甚至担心的资格也没有。好比小偷关心被偷之人的生计，只能落得自找羞愧。想必姐姐要结婚生子，依靠丈夫生活下去。

姐姐！

我有个秘密。

已经秘藏很久很久了。即使身在战场也一个劲儿想她,梦见她,不知醒来暗暗抹过多少把眼泪。

她的名字对谁也不能说,嘴巴烂了也不能。我马上就要死了,至少想对姐姐一吐为快。可还是怕得不行,无法说出她的名字。

但另一方面,如果就这样把那个秘密、绝对秘密藏在心里而最后也不告诉世上任何人,那么,就算我的身体火葬了,心口窝也要腥乎乎烧不完剩下。这样的感觉让我不安,难以忍受的不安。所以,只讲给姐姐一个人。绕弯子讲,像讲虚构小说一样。虽说是小说,但姐姐保准一下子就能察觉对方是谁。较之小说,还是让我用假名①蒙混一下吧。

姐姐你知道吧?

姐姐是应该知道那个人的。不过,估计没有见过。她比姐姐年纪稍大。单眼皮,吊眼梢,头发从未烫过,总是在后面结结实实梳成发髻——或许可

---

① 假名:日文字母。日文中的汉字称为"真名"。

以这么说吧——发型是这么传统，衣着也非常寒碜。但并不邋遢，总是穿得合身得体，整洁利落。她是战后接二连三发表新风格画作忽然声名鹊起的一位中年油画家的太太。油画家举止十分粗暴无礼，但太太装作若无其事，总是面带优雅的微笑。

我站起身说：

"那么，告辞了。"

她也站起身来，毫无戒心地走到我身旁，扬脸看着我问：

"为什么？"

声音普通，俨然费解似的约略歪起细弱的脖颈，持续看我的眼看了好一会儿，眼睛里没有任何邪念和矫饰。同女人视线相碰，我这人本来是要狼狈地移开视线的。唯独那时一丝一毫也没觉出害羞。两人的脸相距一尺左右，足有六十秒以至六十多秒以格外惬意的心情盯视她的眸子，随后不觉微微一笑：

"可是……"

"很快就回来的。"她仍一本正经地说。

我忽然心想，所谓直率，大约说的就是这样的表情吧？那不是修身教科书气味的、道貌岸然的德，而用直率这两个字眼所表现的本真的德，莫非是这般可爱的不成？

"还来拜访的。"

"当真？"

从头到尾全是无所谓的对话。夏日一天的午后，我去那个油画家的住处找他，油画家不在。他太太说很快回来，劝我进去等一等。我顺从地走进房间。看了大约三十分钟杂志什么的，仍不像要回来的样子，于是起身告辞——便是这么简单的事。但我一下子恋上了那天那时那人的眸子。凄苦的恋。

高贵——不妨这么说吧。我可以断言，我周围的贵族里边，除了妈妈，能做出那般毫无戒心的"直率"眼神的人一个也没有。

还有，她的侧影也曾让我动心。冬天的一个傍晚，我同样在那个油画家的住处把两腿伸进被炉，一大早就开始陪油画家喝酒。同他一起把日本的所谓文化人说得一文不值，捧腹大笑。不久，油画家躺倒睡了,鼾声如雷。我也迷迷糊糊歪倒打盹。这时间里,毛毯轻轻搭上身来。微微睁眼一看,东京冬日黄昏的天空像海水一样澄澈,太太抱着小女孩儿似乎无所事事地坐在房间窗边。她那端庄的侧影以水天一色辽远的晚空为背景,轮廓如文艺复兴时期侧影画一般鲜明地勾勒出来。轻轻为我搭毛毯的亲切——那不是风骚也不是欲望,啊,Humanity① 一词想必就是正该用在此时,应在此时复生!作为人所应有的凄婉的体贴心情,几乎被她表达得仿佛下意识的举动。她便是这样以同侧影画毫无二致的娴静的韵致望着远方。

我闭目合眼,依恋、思慕之情几乎让自己发狂,泪水从眼睑内侧溢出,赶紧拉毛毯蒙住脑袋。

姐姐!

我之所以去那个油画家那里玩儿,最初原因固然是为那个油画家作品的特异笔触及其蕴含的近乎狂热的激情所陶醉。但随着交往的加深,逐渐对此

---

① Humanity:英语,意为"人性、人文、慈爱之心"。

人的缺乏教养、胡作非为、污秽不堪感到失望。而他太太心灵的美好却与此成反比地吸引着我。不，后来我是为思恋和渴望怀有纯洁爱情的女子，为再看一眼他的太太而去油画家那里的。

我甚至认为，假如那个油画家的作品多少有一点儿不妨称为艺术高贵气息那样的东西表现出来，那应该是他太太温婉心情的反映。

关于那个油画家——现在我才畅所欲言——不过是个大酒鬼、是个喜欢游乐的精明的商人罢了。游乐需要钱，就在画布上胡乱涂鸦，追逐时尚，故弄玄虚卖高价。他所具有的，仅仅是乡下人的寡廉鲜耻、妄自尊大、狡黠的商人头脑，如此而已。

那个人、那个人的画，恐怕根本不懂外国人的画也不懂日本人的画。甚至自己画的画自己本人也莫名其妙。他把颜料如醉如痴地涂在画布上，目的只是为了赚钱吃喝玩乐。

更让人惊愕的是，他对自己这种胡作非为似乎毫不怀疑，毫不为耻，毫不畏惧。

只知道自命不凡。毕竟对自己画的东西都莫名其妙,更不可能理解他人绘画的妙处,唯以贬低他人为能事。

也就是说,他的颓废生活,尽管他口称如何苦不堪言,但实际上不外乎一个荒唐的乡下佬来到一直向往的大城市并取得了几乎自己也意外的成功,因而忘乎所以地吃喝玩乐而已。

一次我对他说:

"朋友们都东游西逛的时候,单单自己一个人用功,总觉得不好意思,心里战战兢兢,实在受不了。所以,就算根本没心思玩,自己也得加入进去。"

这个中年油画家随即应答:

"哦?那就是所谓贵族气质?讨厌!我还以为看见别人玩而自己不玩,那才亏了呢!"

尽管他现出一副不以为然的神态,但那时我是打心眼里瞧不起他的。此人放荡中不存在苦恼。莫如说以吃喝玩乐为自豪。一个彻头彻尾的享乐型傻瓜蛋。

不过,如此这般说了这么多那个油画家的坏话,一来同姐姐你无关,二来临死之际想到同那个人的长期交往，我也还是觉得恋恋不舍，恨不得再见他一起游乐一次。至于怨恨的心情，那是一点儿也没有的。再说他也够寂寞的，极好的地方也有很多。再不说什么了。

我只是想请姐姐知道一点：我因为思慕那个人的太太而团团打转、而心里难受。所以，姐姐就算知道了，也不必向谁诉说来完成弟弟生前的心愿，千万别做那种矫情和多余的事。只要姐姐一个人知道了，并且悄然心想啊原来这样，那就足够了。若让我得寸进尺，倘姐姐能更加深切地体味我迄今生命的苦楚，我不知会有多么高兴。

一次我梦见和太太握手来着。并且得知太太也从很早以前就喜欢我。梦醒之后我的手心还留有太太的指温。我想我应该为此满足了，死心了。我不是害怕道德，而是害怕那个疯了一半，不，差不多可以说整个疯了的那个油画家，怕得不得了。为了让自己死心，为了往别处排遣心火，我信手拈来地同各种女人玩得昏天黑地，就连那个油画家都因此蹙起眉头。我想方设法从太太幻想中挣脱出来，想忘掉，想使之变得无所谓。但就是不成。说到底，我是只能恋上一个女子的人。这点可以断言：除了那位太太，我从未觉得哪个女朋友漂亮啦可爱啦什么的。

姐姐！

死前让我写出她的名字，只此一次：

……阿菅①。

这是那位太太的名字。

昨天我把一个根本看不上的舞女（这个女人有绝对傻的地方）领来山庄。这倒不是为今早寻死而赶回来的。早早晚晚——不会很久——非死不可，主意早已打定。但是，昨天之所以领舞女来山庄，是因为对方缠我领她旅行，而我也在东京玩够了，心想和这傻瓜女人在山庄休息两三天也不坏。当姐姐面是有点不好意思，但反正一起来了。不料姐姐去了东京朋友那里。那时忽然心想：要死，就现

---

① 阿菅：原文是用片假名写的（スガちゃん）。故前面有"用假名蒙混"之说。

在死!

　　很早以前我就想死在西片町自家客厅里来着。无论如何也不愿意死在街头或荒郊野外被看热闹的家伙把尸体拉来捅去。然而，西片町的房子已落入他人之手。于是心想如今还是只能死在这山庄里，别无他处。问题是，最先发现我自杀的将是姐姐，而姐姐那时将多么惊恐啊！想到这里就心情沉重，无论如何不能在仅有姐弟两人的夜里自杀。

　　噢，这是多好的机会！姐姐不在家，将由这个相当迟钝的舞女成为我自杀的发现者。

　　昨晚两人喝完酒，我让她睡在二楼西式房间。自己一个人在妈妈去世的客厅里打开被褥，开始写这篇凄惨的手记。

　　姐姐！

　　我没有希望的地盘。再见了！

　　归根结底，我的死是自然死。因为，人是不能仅靠思想死的。

　　另外，还有一个难为情的请求。作为妈妈纪念品留下的那件麻质衣服——姐姐为了我来年夏天穿而改缝过了吧?请把那件衣服放进我的棺木。我,想穿。

天已经亮了。多年来让你辛苦了。

再见!

昨晚的酒醉彻底醒了。我以清醒状态死去。

再说一声:再见!

姐姐!

我是贵族。

八

梦。人们全都离我而去。

处理完直治的丧事,接下去一个月时间,我独自住在冬天的山庄里。

我以水一般的心情给那个人写信,大约是最后一封信。

M·C,My Comedian[①]:

看来,你也好像把我抛弃了。不,好像淡忘了。

可我是幸福的。我似乎如愿以偿地怀了孩子。尽管我觉得现在自己失去了一切,但肚子里的小生命正在成为我孤独微笑的因由。

我绝不认为这是肮脏的失误。近来我也明白

---

① My Comedian:英语,意为"我的喜剧演员"。

了,明白了世上为什么会有什么战争什么和平什么贸易什么工会什么政治等等。你不知道吧?所以永远不幸。我来教给你好了:为了女人生好孩子。

一开始我就没有指望你的人格啦责任啦那样的心情。问题在于我孤注一掷的恋情冒险的成败。而我的心愿达成了。此刻,我的心间如森林中的沼泽一般平静。

我想我获胜了。

玛利亚即使生的不是丈夫的孩子,而若玛利亚也有光辉的自豪,那便足以成为圣母子。我之所以不在乎旧道德,是因为我有得到好孩子的满足。

那以后想必你也照样口吟"积劳身、积劳身",同绅士和千金们喝酒继续颓废生活吧?可我不劝你作罢。因为那大概也是你最后的斗争形式。

戒掉酒,治好病,长久活着做像样的工作——这种言不由衷敷衍了事的话我不想说了。同"像样的工作"相比,那种不惜豁出命来将所谓堕落生活进行到底的做法,或许反倒能得到后世人的感谢。

牺牲者。道德过渡期的牺牲者。无论你还是我，都不例外。

革命到底是在哪里进行的呢？至少在我们身边，旧道德仍毫无变化，一如既往地阻挡我们的去路。海面波涛似乎喧闹不止，而底下的海水纹丝不动，佯装酣睡，哪里谈得上革命！

不过，我以为在过去第一场的战斗中，我得以将旧道德多少推去了一边。往下将同出生的孩子进行第二场、第三场的战斗。

生下和哺育自己思恋之人的孩子，那是之于我的道德革命的完成。

即使你忘记我，即使你因酒丧生，我也好像能为完成我的个人革命而坚强地活下去。

关于你人格的不堪，最近我已从某人那里知道了许许多多。但给我以如此坚强的是你，在我心间架起革命彩虹的是你，赋予我生存目标的是你。

我以你为自豪，也要让出生的孩子以你为自豪。

私生子,及其母亲。

但是,我们打算同旧道德抗争到底,像太阳一样活下去。

请你也继续你个人的战斗。

革命还没有进行,哪怕一点点,哪怕一桩。恐怕需要若干更加宝贵、更加令人惋惜的牺牲。

如今这个世上,最美丽的就是牺牲者。

小牺牲者有一个了。

上原君!

我已什么都无意求你。但是,为了那小牺牲者,有一件事——只一件——想恳求你答应。

那就是,请让你的太太抱一抱我生的孩子,抱一次即可。并且届时请允许我这么说:"这是直治让一个女子偷偷生下的孩子。"

为什么要那样做呢?单单这个不能告诉你。不,我自己也不清楚为什么要那样做。但我无论如何都必须那样做。为了直治那个小牺牲者,无论如何非那样不可。

想必你会不快。不快也请忍耐一下。请你认

为这是被你抛弃和淡忘的女人轻微且仅此一次的骚扰，务请慨允为盼。

昭和 22 年^① **2 月 7 日**

---

① 昭和 22 年：1947 年。